本色文丛 · 于晓明 主编

文坛边上

吴昕孺／著

海天出版社（中国·深圳）

图书在版编目（CIP）数据

文坛边上 / 吴昕孺著. — 深圳 : 海天出版社,
2014.11
（本色文丛）
ISBN 978-7-5507-1043-6

Ⅰ. ①文… Ⅱ. ①吴… Ⅲ. ①日记—作品集—中国—当代 Ⅳ. ①I267.5

中国版本图书馆CIP数据核字(2014)第071625号

文坛边上
WENTAN BIANSHANG

深圳出版发行集团
海 天 出 版 社

出 品 人 陈新亮
策划编辑 于志斌
责任编辑 陈 嫣
责任技编 蔡梅琴
装帧设计 王 璇
书名题签 嵇贾孜

出版发行 海天出版社
地　　址 深圳市彩田南路海天综合大厦（518033）
网　　址 www.htph.com.cn
订购电话 0755-83460293（批发） 83460397（邮购）
设计制作 深圳市龙墨文化传播有限公司（0755-83461000）
印　　刷 深圳市新联美术印刷有限公司
开　　本 787mm×1092mm 1/32
印　　张 6.75
字　　数 120千
版　　次 2014年11月第1版
印　　次 2014年11月第1次
定　　价 35.00元

吴昕孺，本名吴新宇，1967年出生于湖南长沙县。作品散见于《中国作家》《青年文学》《天涯》《作品》《文学界》《读书》《南方周末》等报刊，并被《读者》《青年文摘》《散文选刊》《杂文选刊》《小品文选刊》《意林》《视野》《格言》《特别关注》等转载，出版诗集《穿着雨衣的拐角》、散文集《声音的花朵》、文化随笔《远方的萤光》、长篇小说《高中的疼痛》等十余部，有作品入选多种年度选本、排行榜以及各地中学语文试卷，曾获得安徽文学奖、新散文奖。现为《读者》签约作家、湖南省诗歌委员会委员。

目录 Contents

2008年卷

1月3日 星期四，晴

杨献平主持的散文中国论坛近日授予我“论坛最佳参与奖”，授奖辞如下：

> 吴昕孺的散文写作，体现了一个现代书生的人文素质和自由精神，其作品既有历史关照的厚度和广度，又有现实理性的透彻和自由。在参与论坛建设和交流过程中，吴昕孺平和儒雅、论文求实，具有良好的社群精神与和谐之心，体现了一个写作者应有的公民素质和合作姿态。鉴于此，本论坛决定：2007年度（第一届）新散文·散文中国论坛最佳参与奖授予散文家吴昕孺先生。

我的回复是：“感谢献平兄的高评和散文中国论坛朋友们的厚爱！自从1985年开始从事文学创作以来，我就把自己定位为一名民间写作者。我较少投稿，从不参加要交各种材料、跑各个评委的评奖活动。对于各种花色繁多的文学活动，我尽量做一名旁观者、局外人。我不无偏见地认为：对于任何一个不能免俗的写作者，只有强制自己远离名利场，才能深入生活与文学的腹地，找到自己真正需要的东西。”

1月12日 星期六，晴

乘8号晚上的2次，9号中午到达北京，在西客站坐823次公交车去康铭大厦。火车晚点了一个多小时，加上在公交车上折腾，直到下午3点才到宾馆。在宾馆大厅，意外见到书脉文化的泉清、清霜，他们也趁中国传媒创新年会的机会，来宣传公司的杂志。报业网钟澎、红斌等一干人在忙前忙后地接待来宾，他们特意发给我贵宾牌，我就很神气地一直戴在胸前。奔流说，左看右看你都不像是贵宾。我答道，总得让我也炒作一回吧。他哈哈大笑。

10号早晨吃过中饭，在大厅碰到《读者》主编彭长城先生。我走过去和他打招呼，报上姓名，他竟然还记得我，说坐过我办公室里“主编”的椅子。他是我见过的最纯真的主编，他和《读者》是两位一体的。

开幕式人气很旺。传媒人的演讲精彩纷呈，我觉得很开眼界，不虚此行。

今天上午，于晓明派车来宾馆接我去书脉公司，给他手下的编辑们做业务交流。我针对他们办的《书脉》《茶韵书香》《中外名流》和《地球》杂志，谈了三点感想：一、编辑是另一种形式的营销行为，经营应从读者定位开始；二、编辑必须是杂家，最好的编辑是杂家中的专家；三、一本市场刊必须有一支强大的记者和作者队伍，编采合一，采为先。

1月19日　星期六，雨

《美文》第1期“散文观察”专栏发了我一个百字左右的“个人谈”：

吴昕孺：散文的体验不完全是一种纯文学的体验，它更多地表现为一种思想的体验、阅历的体验、审美的体验、学术的体验。这种体验与生活本身的联系更直接，也更密切、更主动。在这样的基础上，散文成为一种具有广泛辐射力和无限可能性的文体，真正的好散文甚至超越了文体本身。你还不知道它是散文，你还不知道它是多么好的散文，但是它让你如痴如醉，让你醍醐灌顶，让你手不释卷，你会蓦然发觉，像《精神分析引论》这样高难度的学术著作，像《本草纲目》这样的医药书，像《时间简史》这样的科普读物，竟然都是美好的散文。

3月6日　星期四，阴

昨晚，马明博发来短信，说在《读者》上看到我了。今早走路来单位，在报刊亭买了一本第6期《读者》，“博客”专栏刊发了拙作《我为什么泪流满面》。正好也是昨天接到消息，该文入选《后王小波时代——非主流文学精选》一书。主流的咱进不去，进进非主流也好呵，谁说非主流日后不会是主流呢？就这样阿Q一下，继续读，继续写呗。

自从2001年下半年担任《大学时代》执行主编之后，长达六年的时间里，我几乎不太写稿、投稿了。期间为《大学时代》写扉页专栏也曾多次上过《读者》《青年文摘》《意林》等文摘杂志，算是勉强延续了一丝文学的血脉。卸下《大学时代》的担子，总算还能写点东西，但对文坛已然十分陌生，对文学期刊也十分疏远。今天写这些话，除了表扬自己的努力，更要感谢那些时刻扶持、鼓励我的好朋友如杨献平、马明博、谢宗玉、赵瑜、朴素、梅岚、周公度、曲近、易清华等，没有他们的鼓吹与力荐，我的诗文便走不出“昕孺阁”这块自留地了。

陈跃军创办的《格桑花开》文学报，邀我担任名誉主编。这是西藏地区历史上第一份民办文学报刊，很有意义，值得鼓励和推介。

3月14日　星期五，阴

欧阳白嘱我为即将创刊的《诗屋》杂志写发刊词。我便写了一个：

诗屋论坛创办三年多来，吸引了以湖南为主的全国各地、各种风格的实力诗人，也吸引了广大诗歌爱好者。于是，我们便有了在论坛的基础上进一步编辑《诗屋》杂志的想法。通过《诗屋》杂志力推“诗屋”诗人，打造“诗屋”精品，把“生出来的一屋子诗宝宝”培养成一个健壮、美丽、充满活力的诗歌群体，乃我们的愿望所在。

《诗屋》杂志和论坛一样，都是一个开放性的诗歌媒体。我们不立山头，不树旗子，不喊口号，只要是好诗，就可以到《诗屋》来占据一席之地。这也是我们提出的所谓“好诗主义”。好诗主义究竟是一种什么主义呢？好诗的标准究竟是什么呢？我们认为，这就是一种坚持写好诗的主义；好诗的标准只有一个，那就是好。这个回答或许让大家失望，却是认真的。写一首好诗并不难，难的是一辈子坚持写好诗；好诗的标准也容易制定，不容易的是在写作实践中始终恪守自己的标准。《诗屋》理解的好诗主义，论坛曾有过许多生动、鲜明的阐述，比如我们倡导的好诗主义的四个特征：社会承担，感动人心，意象鲜活，还要有较高的效率（见《好诗主义是不是一种主义》）。符合以上四个特征的诗歌，我们是热烈欢迎的。

反过来，我们不会欢迎无病呻吟的矫情诗歌，白开水般的口语诗歌，顾影自怜、形同呓语的闺阁诗歌，比和尚的百衲衣还拼凑得厉害的杂碎诗歌，散发出一股异味、人人闻之而掩鼻的垃圾诗歌，哗众取宠、声嘶力竭的神经质诗歌，注释比作品还长的掉书袋诗歌……

如果你是一位真诚的写作者，如果你的属于诗歌的心灵始终和时代一起跳动，如果诗歌已经让你更加热爱生活而不是颓废萎靡，那你，一定会成为我们最好的朋友。

3月31日　星期一，雨

欧阳白打来电话，告知彭燕郊老师仙逝。为之一惊。因为，此前彭老师没有去世的预兆，既无沉疴，更无暴疾，只是近来身体有些小恙。我对白兄说："这样的死法也是一件快事，高人自有高境界，非我辈庸常之人所能度之。"彭老师近90年的人生是丰富的，是沉厚的，是光华夺目的。早年的苦难，中年的坎坷，晚年的亮丽，一笔笔都是那么浓墨重彩，一步步都是那么踏实坚定。我们惊讶地看到，80多年漫长岁月，自打与诗歌结缘之后，彭老师竟然没有衰年，全是盛年和华年。他的创作，老而弥坚，老而愈醇，在别人衰亡的时候他却走向巅峰。

其实，这一切只在于，彭老师是一个有信念的人，是一个能坚持的人，是一个真正热爱诗歌的人。因而，他也是一个不朽的人。

4月2日　星期三，阴

上午9点半，湖湘出版公司的小方送我去明阳山殡仪馆。他是第一次去，我去过一次却不记路，所以路上颇费了一番周折，到达明阳山时已过了10点。我心里很急，因为韦白兄通知彭燕郊老师的追悼会是10点左右，生怕耽误了。还好，要10点半才举行。昨天下午，我在韦白那里帮南京诗人蔡克霖订好花圈，今天我看到已经摆放在那里了。好多的花圈和挽联，好多的诗友们，我先后见到了骆晓戈、李岱松、叶梦、聂茂、欧阳白、彭国梁、奉荣梅、刘清华、王开林、韦白、远人、梦天岚、易清华、龚旭东、欧飞廉、袁复生和萧金鉴老师等。会后，沈念发来短信，他也在场，可惜没有见到，他下午就回岳阳了。

追悼会准时开始，由湘潭大学校长主持，湘大的彭国甫书记致悼词，省作协主席唐浩明老师发了言。遵照彭老师遗嘱，在追悼会上奏贝多芬第五交响曲第二乐章为他送行，还有湘大的女研究生朗诵老师的诗歌。追悼会开了一个多小时。我拿了一份昨天的《三湘都市报》，上有彭老师去世的专版。

4 月 14 日　星期一，雨

上周六晚，和欧阳白、解、马随在兴汉食府继续讨论杂志和年选事宜。白兄志存高远，他说，我们一定要把诗屋和好诗主义坚持下去，第一个目标是达到上世纪 90 年代“新乡土诗派”的水平与影响，然后再超越它。我们很有信心。马随拿出《诗屋》创刊号，要欧阳白和我题词。我想了下，题道：“可以马马虎虎写诗，不可随随便便做人。”把“马随”的名字一而再地嵌了进去，让他乐不可支，我也自鸣得意。

4 月 20 日　星期日，晴

18 日晚上 7 点半，韦白组织滑动门论坛诗人聚会，在定王台的女书茶艺馆举行。我有幸应邀参加。与会的有龚旭东、梦天岚、易安、马随、殷明、晓梦斜阳，还有几位我不太熟悉。我带了些《诗屋》杂志过去，韦白也赠给每位与会诗人一本《6 + 0》第三辑。诗人都是性情中人，大家畅所欲言，没有套话、官腔和拐弯抹角的东西，直来直去地，把诗情诗意诗思都碰撞出很多火花来。我也就有些问题参与了大家的讨论。

一是关于诗的现代性问题。谈到诗的现代性，就必须触及诗歌传统。我觉得，过于强调现代性和过于强调传统都是一种割裂，中国当然有伟大的诗歌传统，但20世纪初叶以来的汉译诗同样是中国诗歌传统的一部分。没有汉译诗就没有中国的现代诗歌。但可以肯定的是，中国诗歌的发展如果只建立在汉译诗的传统上，将毫无出路。诗歌经过翻译已经过滤了许多母语的精华，经过翻译的诗歌与诗歌原作相比，绝大部分只能落处二乘，译诗达到或超过原作水平的微乎其微。一个民族的诗歌仅靠外来翻译诗歌的营养，而断然与自己的传统决裂，那将是灾难性的。所以，我觉得诗歌的现代性不是当前诗歌的关键问题。我以前也多次提到过，当代诗歌的关键问题是诗人的态度问题。诗人缺乏风骨，缺乏对诗歌来自生命深处的热爱，缺乏思想的独立性，这才是中国诗人积重难返的痼疾。中国现在的诗人们已经掌握了诗歌创作的一切技巧，中国人聪明，玩技巧很在行，外国同行想瞒都瞒不住。但很多更重要的东西我们拿不来。一个受不了委屈、耐不住寂寞、经不起名利冲击的诗人，是不可能成大器的，因为无“象”。长沙有句方言叫“不装象”，没有大器之象。

二是关于体制对诗歌的影响问题。有诗人认为，体制是中国出现大诗人的最大障碍。我觉得这是不对的，这是诗人推卸责任的表现。诗人写诗与体制毫不相干，一个真正的诗人是不会在乎体制那件外衣的。可以说，迄今为止的任何一种体制都是跟诗人过不去的，从来没有让诗人舒服的体制。如果你想在体制下过得舒服一点，那最好不要当诗人。不要说中国，柏拉图在他著名的《理想国》里索性就把诗人给开除了，当代中国还不至于开除诗人吧。我们要感谢传统，不管怎么说，诗人在中国还是受到尊重的。时下，公认的世界级大诗人大部分都出现在体制不怎么好的前苏联、东欧，如米沃什、布罗茨基、帕斯捷尔纳克、塞弗尔特、希姆博尔斯卡；还有些来自长期受殖民统治、贫穷落后的美洲及非洲小国，如巴列霍、聂鲁达、沃尔科特等等。相反，美国的体制好吧，那真是让人舒服的体制，但当代美国几乎没有大诗人。体制不好对诗人的生活是一种磨难，但对诗人的创作说不定是一笔宝贵的财富。正是压抑、漠视与迫害，能让敏锐的诗人发现人性最隐蔽的奥秘，能让他们感受人类灵魂最细微的震颤。这才是形成诗歌最伟大力量的东西。彭燕郊老师有过一句最具分量的话，也是他的座右铭："诗歌是我的宗教。"是的，只有把诗歌当作自己宗教的诗人，才会对诗歌产生坚不可摧的信仰，才会在苦难中保持单纯和诗意，才会用诗歌的智慧去瓦解日常的困挫，才会让诗歌浸润他的全部身心，贯彻他人生的每一分钟。这才是成为一个大诗人的前提与基础。

三是我的诗歌观。韦白兄问我，有什么诗观？我坦言道，没有。尤其是关于诗歌标准的观点，我越来越没有这些玩意了。以前跟诗友聊，我也能头头是道地讲一两个小时诗观，讲得还不错，人家认同。但通过这些年的诗歌实践，我开始沉默了。我发觉诗观是最不靠谱的东西，是诗歌领域最俗套的东西。诗观就像人的简历，抽象得仿佛几根尸骨，闻不到一丝活气。宋代的大德赵州从谂，每当有人问他佛法大意时，他总喝道："吃茶去！"所以，现在要有人问我诗观，我想，是不是要请他"写诗去"呢。诗观的唯一作用就是让诗人变得狭隘，如果他持现代派的诗观，他就会将传统派打入地狱；如果他喜欢现实主义，他就会将浪漫主义剥得体无完肤。而诗歌真的是不可以这样子分阵营的，诗歌不是这么简单的事情。有时候一句话说不清，我和欧阳白主持诗屋时，干脆提了个"好诗主义"，如果你硬要分，就分为好诗和不好的诗两类，不要再有其他分类标准了。我从来反感口语诗，但我发现口语诗中也有很优秀的诗作品。诗人应该是最包容的，可中国当代诗人的心胸普遍狭隘；诗人是应当视野开阔的，可中国当代诗人大多只望着自己的诗，自认为老子天下第一，别人的都是狗屎；诗人应该是最充满激情、最热爱生活的，可中国当代诗人偏偏是最受不得委屈、最容易泄气、最委琐和疲软的一群！

这些所谓的诗人当然都不是中国诗歌的希望。中国肯定是有真诗人的，像彭老师那样，几十年殷殷自守，不计宠辱，不求闻达，始终饱满、丰沛、自信，诗与人一体，人与诗相融。这样的真诗人、大诗人，像一块金子那样熠熠发光，又怎么会为流俗所蔽，又怎么会为宵小所谗呢？

5月13日　星期二，阴

周日中午，诗屋论坛和涉外学院的湘流文学社一起举办以“感恩母亲”为主题的诗歌朗诵会。汤文培是朗诵会的总策划。参加的诗人有韦白、远人、定光、雪马、马随、森林伐木、凌峰、海燕、枕戈、殷明等。我第一次与新锐诗人颜觉、周木、多马、李泽清、弥撒、周过等进行交流。涉外的校办主任鞠晨曦与会，他的一段开场白说得很有激情，显露出他的诗人气质。

作为主办者之一的诗屋论坛，欧阳白和我先后上台讲话。我借此机会表达了自己与涉外学院的不解之缘，一是他们的校长张楚廷先生就是我的校长，张校长的教育思想放到一百年前和一百年后都将是先进的；二是我在主持《大学时代》杂志期间，涉外学院给予了我们很大的支持，不仅有较为可观的发行量，还成功合作过多次活动。然后，我朗诵了十五行诗《母亲的声音》。

5月27日　星期二，多云转暴雨

昨天，岳麓书社紫纯先生通过天涯社区的“留言”告诉我，我的十五行诗《音乐停止了》入选他们出版社编辑的《汶川抗震救灾诗文选》。他在留言中说：“你的诗属于象征派，难懂。”我回答他说：

> 紫纯好。看到太多有关地震的诗都是直接抒情，其中固然有让人感动之作，但更多的是抒情太过，没有太大的艺术价值。虽然灾难应该让技巧走开，但既然是写诗，过分抒情对诗歌本身总是一种伤害，就像放油太多的小菜，对健康是有害的。所以，我就选择了另外一种方式，更冷峻、更理性一些。写得不好，谢谢您的包容和抬爱。

这也是我对最近很多救灾诗文的看法。

6月5日　星期四，晴

下午，接到袁复生的短信，说他们将在今晚8点，在新华文图大厦五楼，主办一个有关汶川地震的影像报告会，作品全部由晨报派出的八名摄影记者提供。在会场，见到定光、马随、殷明、弥撒等80后诗人，随后，宋元老师也来了。复生将晨报周刊总编辑龚晓跃先生介绍给宋老师和我，晓跃先生我大约见过三次，他一头长发，清瘦俊秀，下笔如行云流水，才气难挡。《晨报周刊》每期的卷首语均是他的大作，不拘一格，铿锵可读。

报告会以摄影作品为主体，辅以各位摄影师的现场讲述，主标题为《那些悲伤的碎片》。我视力不太好，戴着眼镜也勉为其难，加上前排坐着威武雄壮的作家浮石，看起来比较吃力。总体印象是很不错的，但冲击力没有我预想的强。大概有两个原因，一是平日在网上看了大量的灾区照片，对灾区的惨状已经不陌生了；二是这些照片拍得颇具艺术性，感觉原生态不够，反而削弱了它的冲击力。灾区的相关照片中，令我最受震撼的，是在一个诗友的博客上，看到汶川的河流上漂浮着孩子们的尸体，看上去似乎都是女孩，她们穿着五颜六色的好看的衣服。那些可爱的孩子们，像是一个枕着一个睡着了……

前不久应朋友之邀写一篇讨论男女两性问题的文章，我写了五千来字，题为《男人与女人》。朋友说文章真好，标题太差，引发不起别人的阅读兴趣。我可能因为长期写诗的缘故，对散文和小说的标题向来不讲究，这一毛病马明博等好友均提出过批评，我也是虚心接受，死不悔改。这回突然心血来潮，既然朋友不满意，我就改为《女人的胳膊与男人的大腿》。他说这个太好了。我亦不以为意。令人意外的是，我把该文发到天涯社区的“散文天下”，不到两天竟有13000多的点击率。我才明白，时下人们的阅读兴趣与欣赏方向是个什么样子。这一方面缘于网络文章多如过江之鲫，标题不醒目，文章立马就会被淹没；另一方面也说明商业社会、快餐时代，连文字也得“灯红酒绿”起来了。

6月28日　星期六，晴

我坐在西藏泽当镇山南地区行署院内某公寓楼二楼，青年诗人陈跃军的书房兼卧房里，努力平息着自己激动的心情，试图回忆这些天来西藏之行的巨大收获。但我知道这是做不到的，因为我现在依然处于失语状态，或者说，依然处于语无伦次的状态。平时在文字上一贯自信的我，直到到了西藏，才发现自己竟是如此浅陋平庸，语言是如此苍白无力。我不得不承认，要用文字来准确地描述西藏是不可能的。但无论如何，我一定会把这次西藏之行写下来，或许不能道西藏之万一，但我可以肯定，那将是属于我的文字，我自己的文字。

昨晚，跃军和乙乙借着浓浓的酒兴说，他们要在《格桑花开》上做一期我的专号，主题为“一个人的西藏”。我欣然同意，我现在就是一个“藏漂”，我的身体过几天将要回去，我的心灵将永远游荡在这片神奇而神秘的土地上。

7月1日　星期二，晴

昨天，与跃军、乙乙夫妇在山南江城酒店话别，还有跃军的两位朋友沈主任与高主任。然后，跃军送我到车站，又把一条雪白的哈达挂在我的脖子上，并执意给我买上车票。

此时此刻，我竟希望跃军快些离开，否则担心自己会过于动情。跃军现在是最忙的时候，但因为我的到来，耽误了他很多时间，他给我安排得那样周到，自己却很少休息。有这样的好兄弟，夫复何求！

7月5日　星期六，晴

昨天从林芝回来，下午4点到拉萨，诗人李素平开车到八一路接我。开好房后，还帮我买了准备今天上路的一大袋面包，他说是拉萨最好吃的面包。我说，我在西藏、在拉萨享受的是世界上最美好的风光与最深挚的友情。

晚上，素平兄邀了西藏小说家张祖文和美女编辑汪璐，一起为我饯行。这时接到旅行社通知，5号没有去长沙方向的火车，订的是6号的车票。人不留客天留客啊。情不自禁，加上素平、祖文的“逼压”，喝了点酒，顿时飘飘然如临风而举。醒来已是今早7点，来到宾馆电脑房，草草记之。

7月10日　星期四，晴

昨晚看诗集《穿着雨衣的拐角》的清样。错误不多，只是漏了三篇文章，要补进去。

今天上班，传达室我的信箱满满的。计有《文艺报》冯秋子寄来的6月21日一期样报，发了两首十五行诗:《黑暗没入光里》《有更古老的悲伤吗》。这是古道热肠的散文家周闻道推荐过去的。

还有岳麓书社寄来的样书《五月的殇咏》，是一本纪念抗震救灾的诗文集，收入十五行诗《音乐停止了》。书印得精致，书上镶嵌的黄丝带令人肃然。《科教新报》6月24日号副刊“麓山夜话”专栏刊发了拙作《我看范美忠》。

7月11日　星期五，晴

还在西藏的时候，西安南阳子就给我来电，《诗选刊》下半月版有一个“诗人地理”专栏，反映一个省的诗人在各个地市的分布情况。下期他们想发湖南诗人的地理分布概况，委托我撰稿。

内蒙古读书种子张阿泉寄来四期《清泉部落》。《清泉部落》是一份民办的读书类报纸，每月一期，每期20版，定位为“中国小众读者的观念报纸”。蒙阿泉兄垂青，我还忝居该报“国内执行编委”之职。阿泉就是这样热心肠，只要有机会，就把兄弟们推到前面。读了这四期《清泉部落》，文章皆清爽雅致。如果要说一个毛病，还是长文多了点，与阿泉推行精品短章的想法不是十分吻合。读书文字也弄得很长，不知道这是不是时文的毛病，现在的小说、散文一出手都是鸿篇巨制，但好东西实在少。诗歌稍微好一点，但因为诗歌篇幅小，又被很多人视为文坛的敲门砖。这些严肃的可笑之事，或许是文学走向经典的必由之路吧。

7 月 25 日　星期五，晴

《诗选刊》约的“湖南诗人地图”整理好了，传过去，得到周公度和南阳子的表扬。这是一桩苦差，因为牵涉的诗人太多，拿欧阳白的话说，就是很容易得罪人。为了尽可能全面、客观，我在每个地区找了一个好朋友帮忙，感谢湘潭的吴投文、岳阳的沈念、常德的周碧华、益阳的汤浩、衡阳的郭密林、郴州的杨戈平（解）、娄底的梦天岚、邵阳的尘子、怀化的柴棚、湘西的胡建文等。

8 月 7 日　星期四，晴

南京董宁文寄来《开卷》杂志和他主编的《我的开卷》一书。《我的开卷》收录了我的《〈开卷〉有益更有情》。

河北衡水收藏家何卫平先生（浅止斋）寄来他担任编委的《衡水古玩城小志》。卫平兄还写了一封信给我，道及编辑这本书的个中甘苦。他和同道一起，利用业余时间为自己城市的古玩城写志，其兴可赏，其志可嘉。

《潇湘晨报》7 月 31 日刊发了拙作《一流文人与三流司机》。他们专为长沙车市弄了一个文人专栏“侃大车”，计有宋元、谢宗玉、王跃文、浮石等人参与。有趣的是，换过好几辆轿车的王跃文想骑自行车，开厌了摩托车的谢宗玉却要买小车了。我就暂且安心坐公交车算了，让他们折腾去，呵呵。

8 月 28 日　星期四，雨

前天下午打球时，熊忠说他奥运会开幕前在汨罗八景住了一个星期，见到了少功老师，老师托他问我好。刚好我正在读老师的大著《暗示》，便给老师去信问安，老师回信告之，他刚从香港讲学回来，八景水库因今年干旱少水，“美景不再，让人十分扫兴”。相信，明年我去的时候，水一定会回来的。八景不能没水呵，没有水，八景的山便会枯涩许多。

9月3日　星期三，阴

前天，领着来长沙出席金鹰节高峰论坛的《安徽文学》主编蒋建伟和《长篇小说》的出品人张荣女士一起去岳麓书院。长沙目前炙手可热的美女作家薛媛媛女士一同前往。我在《安徽文学》今年第1期发表了写岳麓书院的散文《灵魂的入口》，正要送杂志给湖南大学宣传部唐珍名部长。珍名很热情，帮我们办理了免票手续。

岳麓书院是一部大书，我给两位客人一页页翻开，让他们领略里面的精华。薛媛媛表扬我讲解得好。我说，以前一来了客人就找江堤，听江堤讲书院是一种享受，如今斯人已去，我就做了他的衣钵传人。与其说我讲得好，不如说是以前江堤讲得好，我只是听得认真而已。

从书院后门出，过新建的屈子祠，走清枫峡，上爱晚亭；再到麓山寺，直抵云麓宫。小小的岳麓山，以其清新优美，一一向客人呈示儒道佛三教合一而又各据要津的无穷妙意。

中饭后，带建伟和张荣去第一师范参观。张荣喜欢看《恰同学少年》，她特意找到第八班教室，坐在毛泽东曾经坐过的座位上，实地感受了一下伟人的成长。最后一站，是全国第一书市定王台，基本上泡在龙挺兄主持的弘道书店，而恰好在书店碰到了龙挺。龙挺身边的客人是深圳海天出版社的赵浩然先生，他是我1998年出版的一套四本《文画巨人丛书》的发行人。他说，那套书卖得很好，只是目前市场看不清，不敢再版。

9月7日　星期日，晴

昨天上午10点，去芙蓉中路耶士咖啡参加兰心的《一朵灵魂叫兰》签售会。会上，先见了久违的彭见明老师，后与节目主持人罗刚握了下手，再来到诗人们的桌边，计有韦白、路云、李杰波等，令人高兴的是见到了唐兴玲，原来她从广州回娘家住了几个月了。

杰波这次给我印象较深。也是第二次见他。第一次是在谭克修主持的麓山诗会上，客套地碰了一下杯，收下他一张名片。昨天，他做东请我们到贺龙体育馆后面的一个小店子吃饭，店名亦颇有趣，叫“茶油香”。杰波一杯白酒下肚，先把在座诗人的诗作批评了一通，然后要服务员拿出一张白纸，要求每位诗人来一句，写连句诗，他起头一句是“秋天来了，叶子黄了。”路云接着写：“那棵树，你跟我站住，站住，站住！”我接着的一句是：“再不站住我就开枪了。”兴玲羞涩，韦白说他从不写这玩意，只好戛然而止。

韦白兄趁着几两酒劲，对我提出了批评，他说的是真心话，我很感激。他认为我评论别人时过于顾忌，过于周全，褒多于贬，显得缺乏自信。我想，确有这个问题，尤其在评论年轻人时我的原则是以鼓励为主，可能有时当老好先生了。但对同龄作家和前辈作家，我还是会尽量做到“以我为主”，以我的阅读理解和美学判断为主，而不会以面子为主。比如，我敬重彭燕郊老师，我也认为他是中国当代最优秀、最富创造力的诗人之一，我完全认同他是中国诗坛“圣徒”的观点，但我不认为他是“世界级大诗人”。因为，我觉得中国还没有世界级的大诗人，彭老师的衰年变法使他脱胎换骨，但晚了一点，天不假年，这不是彭燕郊的悲哀，而是中国社会和中国文学的悲哀。

我认为，彭燕郊老师最好的作品是他的散文诗，《漂瓶》《门里门外》《无色透明的下午》《站台》《混沌初开》等，都是一个世纪以来中国散文诗最优秀的作品。可以说，彭老师是继鲁迅之后，极少几位在散文诗领域做出了卓越贡献的中国作家。但彭老师的诗歌是令人遗憾的，尤其是80年代以前的大量诗歌，在艺术品质上经不起推敲。有人说，那是时代造成的。我也承认，在那个时代中国不可能出大诗人。从这个角度来说，这也许是诗人自己的悲哀，纵有天才，我们亦无力挣脱时代的局限。但恕我直言，只有能够挣脱时代局限的诗人才可称得上世界级的大诗人，这里除了大才，还得有大智、大勇、大胸怀、大气度。

终归而言，中国当代诗坛因为彭燕郊而有了一丝独特的亮色和底气。彭燕郊的意义在于他是一颗种子，他用自己一生的创作经历和诗歌文本告诉广大青年诗歌爱好者：诗人是这样炼成的。这个意义比界定他是一位所谓“世界级大诗人”要重要得多。在我看来，彭燕郊是中国诗歌新世纪的一缕曙光。在这缕曙光的催生下，我们期待看到中国诗歌的太阳。

把彭燕郊推上“神坛”可能对湖南诗歌和湖南诗人有利（一位大师的后面总会拉扯出一些小大师），但对中国诗歌是没有好处的。在文学上，我们应像摒弃诺贝尔情结一样，摒弃“大师情结”。这样说，我绝非反对在全国宣传彭老师，我只是希望湖南乃至全国的青年诗人能真正学到彭老师的精髓，比如他的执著、淡泊和大气，真正做好彭老师的衣钵传人，从而尽快地达到他，超越他。胸怀大志的诗人们，我把一句奥林匹克运动的广告词送给你们：

“喜欢他，就超越他！”这才是对他最大的热爱。

9月23日　星期二，晴

昨晚，晓梦斜阳请韦白、杰波两口子和我在四方坪的新东方酒楼聚餐。那一带我应当是很熟悉的，在金帆小区住了五年，但找这个新东方酒楼竟然颇花了一番功夫。大家照例以诗歌为主题夹叙夹议，杰波看重诗歌的“主题”，而韦白认为应“技巧先行”。杰波是对比较成熟的诗人说的，韦白则是针对广大诗歌爱好者和写作者，所以，他们的道理都对。我也谈到如何去理解诗歌，以我个人的经验，“诵”是一种最好的方式。有的诗歌应朗诵，比如浪漫主义作品，宜于广庭大众之中进行朗诵；有的诗歌应吟诵，比如现代主义作品，宜在灯下、林间独自吟诵。只有通过出声的方式，诗歌对内心的浸染和对灵魂的震撼才能产生最大的效应。晓梦斜阳谈到她看到西川的一句诗“把羊群赶进大海”，看和读的感觉完全是两回事。

年过八旬的老诗人于沙寄来大著《诗路花雨》，集中了一些诗人、评论家和读者对他历来作品的评论。于老师对我曾有知遇之恩。1988年，他主编《湖南新时期十年优秀文学作品选 · 诗歌卷》，破例选了我这个在校大学生的作品两首，很多成名诗人都只上了一首。后来，广州《华夏诗报》要在头版刊发写他的一个特稿，他把这个光荣任务慷慨地交给了我，我那时还很少写诗以外的文字。文章写成后，到于老师家里请他修改，我至今记得他提醒我写文章要注意的一点：“‘就’字不要用得太多。”这样的指点让我受益终生。

10月3日　星期五，晴

长假是让人感到自由和幸福的。我一般不会选择长假出远门，因为我怕人山人海。让别人出行去吧，我留在家里读书。前面两天的主题是读书和写作，读帕慕克的《新人生》，读里尔克诗选。

写作主要是完成两个任务，一是几个朋友野心不小，要做湖南最高端的白酒，取名“润帝”，据说要卖到一千多元一瓶，嘱我写一篇《润帝赋》，拟个广告词，将湖湘文化、帝王文化、山水文化与酒文化联系起来。平时写篇文章并不难，但要写为市场营销助力的文章难度还是很大的。第二个任务是为下个月的师大读书讲座拟一个提纲和初稿，写起来也不容易，因为读书要谈出新东西来很难，还要兼顾趣味性就更难了。不过，我以前对自己读书没做过总结，这回算是梳理了一下。

10月5日　星期日，阴

我一直在想，改革开放30周年，这样值得纪念的日子，中国会有哪一本思想性杂志来出一期专刊，主题就是对这30年进行总结与反思。而第一主题应该是反思，这不仅能体现中国思想精英的在场意识与使命感，对政府也是一个很好的监督与促动。但至今为止，我还没有看到这样一本杂志。中国本来就没几本思想杂志，但我不相信中国没有思想者，所以杂志的萎靡在于其自身，不能完全怪读者。《半月谈》《今日中国》《传播与社会学刊》做了专刊，主题仅仅是总结，凡以总结为主的专刊信息量都不会很大，容易做，又不担风险。中国期刊大多采取这一方式，主题先行，思想滞后，或者根本就没有思想。

《读书》不愧是中国读书界第一刊，第10期的几篇文章很有分量。像马国川对吴敬琏的专访，像周其仁的《改革三十年感言》和陈彩虹的《世界大转折的伟大预言》都有真知灼见。这三篇文章放在一起是有内在联系的，这种内在联系要倒过来看。先看陈彩虹的《世界大转折的伟大预言》，在大家看来，美国无疑是世界上最强大的国家，美元更是成为国际货币，但美国人的做法最违背经济规律，美元不是建立在商品生产和物质财富的基础上，而是在玩所谓“制度创新”和“金融产品创新”的货币魔术，用这种魔术积累了巨大的财富，也积累了巨大的债务。这种债务使得美元几乎变成一张张纯粹的“欠条”。当全世界都拿着美元这张欠条向美国索要产品和服务的时候，美国已根本无法兑现自己的承诺。金融和经济危机便一触即发，美元崩溃，并引发政治和社会危局。陈彩虹的文章认为，崇尚劳动创造价值、生产创造财富的国度将主未来之沉浮，因此，世界即将实现大转折，取代美国的新大国呼之欲出。是谁将取代美国呢？文章没有点明，但看行文的语气，似乎中国很乐观，至少也该是候选国之一。

中国真的能成为新的“地球之王”吗？往上看，是周其仁的文章和对吴敬链的专访。周文简洁明快，写得好，但与吴的思想十分接近，故不说。我们来看吴敬链的专访。吴敬链在专访中始终贯穿了一个字：“忧”。看美国笑话的人可能认为中国这回该出头了，其实，中国的问题并不比美国少，也不比美国小。吴敬链认为，改革开放 30 年是一道坎，中国还在过改革开放的大关，这一关如果跨不过，不要说在地球上称王，就是自己内部的事情都会焦头烂额。

那中国的问题在哪里呢？说得通俗一点，就是改革开放有偏离当初制订的方向的危险，它可能无法带来全民的共同富裕，而始终只是让一部分人先富，先富之后更富；穷人虽然看上去比以前富了一点点，但与富起来的那部分人比，已经相差不可以道里计。穷富本有命，这个还不至于影响心态，关键问题在于，中国富人的致富之路正是沿用美国人的“空手道”，美国人使出的是经济上的空手道，中国富人使出的却是权力上的空手道。也就是说，中国那部分先富起来、先富之后再大富起来的人，他们大多拥有炙手可热的权力资源。吴敬链最担心的是，建设有中国特色社会主义市场经济的目标却不由自主地走向了权贵资本主义。权贵资本主义毫无疑问是世界上最差的政治和经济制度。所以，中国的改革开放如果不继续向真正的“市场化”推进，不继续向“法治”经济和“法治”社会推进，就有可能前功尽弃。吴敬链有一段振聋发聩的话，我想摘录下来，作为今天日记的结尾：

“对于当前中国来说，我们必须认识到，由于制度变迁路径依赖的特性，在错误的路径上走得愈远，退出的成本就愈高，甚至会锁定在这个路径之中。一旦锁定，除非经过巨大的社会震荡，就很难退出了。”

10 月 21 日　星期二，阴

江南雪儿是我在新散文论坛结识的好朋友，她和朱朝敏的散文很吸引我，在论坛里绝对不让须眉。我们仨从此鱼雁往返，谈文论世，每有契合，辄会心一笑。因为不曾见面，故距离产生美，让她们觉得我如何大度包容并有书生意气，言辞间鼓励有加。雪儿在收到《穿着雨衣的拐角》后，在她那著名的博客里写了一段相关文字，继续对昕孺进行鼓励教育。感谢雪儿的厚谊，特转摘她的语录以自勉：

> 昕孺，一说他，我就感觉一种亲和加亲切。我认为，他要是国王一定是最有亲和力的国王，他当演员一定是最有人气的明星，并不是刻意，而是来自他内心的积淀与修为。我并没有和他现实接触过，但我们在博客是很近的邻居，我轻轻点击，就知道他的最新动向。所以，从不陌生。他收录在《拐角》一书里的所有诗歌，我几乎都拜读过，现在，这些文字以书的形式呈现，我有久违的重逢

感。有些诗歌，再度阅读，仿佛时光回转。无疑，他的诗是对中国当代诗歌的拓展。昕孺是中国不可多得的诗人，我希望，他快快变老，最好是满头白发胡子拉碴，这样，在这个按资历说话的国度里，他就能得到应有的厚待。可恨的是，他现在很年轻，离老有很长的距离。我认为，目前为止，他的成就大于他的身份。也许，我没有表达好，也许，他并不在乎这些，但我知道，昕孺，我的朋友，他是大家，事实会证明。

10月24日 星期五，阴

菲律宾诗人云鹤寄来《世界日报》文艺副刊的样报，上面刊发了我的《五月来临之前》和《月夜》两首诗。令人惊讶的是，报纸是5月13号的，真是远隔重洋啊。2004年赴台北参加两岸诗人研讨会时，我和云鹤住环亚假日大酒店的同一个房间。他后来创办的《东南亚诗刊》在华文诗坛颇有影响。

诗人碧宇从安徽六安县寄来《大别山诗刊》第2期和第3期，这两期分别是六安诗人抗震诗歌专号和全国诗人纪念四川大地震的特刊。我的《黑暗没入光里》《音乐停止了》刊发在纪念特刊上。这本诗刊还不完全是民间的，其主管单位是县委宣传部，主办单位是县文化局。宣传部和文化局联合起来办一本诗刊，在我的印象中，全国极为少见。六安这个地方，不简单。

10月29日 星期一，阴

茅盾文学奖又出炉了。照例争议一片。获奖的四部书，我没看过一本。所以，无法评说其优劣。但看获奖的几名作家，这个奖项似乎想尽量向艺术性倾斜。这个方向肯定是对的，不像前些年评那么多历史小说，就把玩笑开大了。总的来说，中国当代作家的书谁上谁下都没有关系，连诺奖都像中彩了，何况“矛盾百出”的茅奖呢。但终归是一种奖励，对获奖者应该表示祝贺。

10 月 30 日　星期四，阴

昨晚，湖南师大第三届读书月举行开幕式。这次读书月的一个重要活动是“戴家军”出马，为师大学生做一个有关阅读的系列讲座。戴海老师既是主帅，又当先锋，昨晚开幕式之后，他率先登场。

开幕式非常热烈，鄢朝晖馆长策划和组织得很到位。罗益群馆长我在师大宣传部工作时就认识，他的致辞虽然普通话不太利索，但颇有学术含量。值得一提的是，刘羊、柔止两口子不仅自己来了，刘羊还把母亲带来了。刘羊说，母亲只读了一年书，很想来听听。我当即告诉她，今天听了讲座，就等于是研究生毕业了，您看跳了多少级！

开幕式上，罗馆长给我们（戴老师、鹏飞兄、郑艳和我）四人颁发了“终身读者”的荣誉证书。感谢母校，这是我一生中所获得的最高荣誉。

高潮当然是戴老师的演讲。讲之前我还为他捏了把汗，有三个原因，一是老头暑假出游身体刚出了点问题，至今未完全恢复；二是毕竟过了古稀之年，他演讲向来是不坐的，怕他吃不消；三是刚才的开幕式时间稍长了点，怕他找不到感觉。哪知老头一上台即是妙语连珠，稿子也不要，娓娓道来时猛然激情澎湃，惹得群情激奋时他忽地悄声细语，台下数百听众笑声不绝，如痴如醉。端的是宝刀不老！演讲完后，同学们拥上来围着他，还要问各种各样的问题。我们亲友团几个成员和鄢馆长临时充当

“保镖”，一直把他护送到家门口，才放心离去。

10 月 31 日 星期五，雨

昨天下午，晨曦亲自从涉外学院来接我去他们学校。在校园内的桥头堡餐厅共进晚餐后，来到世纪讲坛。我要给同学们做一堂以“诗歌与中国人的生活”为主题的讲座。邓薇带着建海的母亲，还有她的一个同事来了；晨曦和艾青，敏华和阿咪，文培和江冬，都坐在前面为我加油助威。湖南的高校，除了我的母校师大和岳麓书院所在地湖大，我来得最多的就数涉外学院了。我喜欢这所环境优美的学校，喜欢这里充满活力的同学们。所以，当我走上讲坛，看到下面坐满了师生时，心里还略微有点紧张。

紧张的另一个原因是，这是我第一次站着演讲，而且是站在舞台上，距离听众稍远，在讲的过程中，很难进行互动。而且，讲台是斜着的，我不敢打开矿泉水瓶喝水，怕万一倾倒了水流出来，弄湿讲稿。这样，大概讲了十多分钟以后，我才基本放松，较好地完成了这个任务。

11 月 26 日 星期三，阴

龙源网的“昕孺专卖店”在蔡凛立和她同事的辛苦运作下，终于初具规模。最好玩的是，我几乎所有的书都摆在上面（除了尚未出版的《远方的萤光》和早年出版的质量不高的小书），像个琳琅满目的超市。特别是几近绝版的《文画巨人丛书》（一套四本），也好不容易弄了一套放上去。

前天，鄢朝晖师妹派人来提了 40 本《穿着雨衣的拐角》去，作为师大读书月优秀同学的奖品，感谢母校对我那本小诗集的看重。我又把欧阳白、尘子和高山雪鹰等朋友们的诗集送了些给图书馆，也算是添砖加瓦吧。昨晚，鄢馆长来电说，朋友们的赠书证她都放在戴老师那儿了。最令人欣喜的消息是，她从《飞天》1986年第6期上找到了我第一次发表在省级刊物上的那首小诗《小屋子诗人》，并特意复印了下来。感谢师妹的费心费力！

12月2日　星期二，晴

润帝品牌公司的文总和屈总一定要接我到他们公司看看，我就去了。忝居“文化顾问”，不顾不问也是不对的。一去公司，大厅门口就是刻印的《润帝赋》，很气派也很雅致。公司不算大，但人员精干，个个都是一副干事业的样子。吃了饭，文总要我提意见，我就提了三点，一是女员工比例要增加，我向他灌输了美女是先进生产力的理论；二是营销力量要加强，要制订切实而又扎实的营销规划，不能打游击战；三是公司要有分期目标，短期的、中期的、长期的，目标一定要明确，员工们才知道劲往何处使。

昨天，陈蒲清老师来访。我躬身相迎。老师依然精神矍铄，谈笑风生。我们谈起他的新著《箕子传》，他很谦虚。不过，说到现在中国学术界的麻木与商业化，陈老师慈言中不乏义愤。留他吃饭，他硬是“不麻烦”我们，执意要走。又是一位洞彻人生的老人。

12月17日　星期三，晴

昨天下午，复生说，想请我带他去师大见戴老师，我求之不得。6点半我和复生到师大，戴老师站在忠烈祠门口等我们。晨报明天在湖大主办一个“鲁迅与教育”的论坛，复生想请戴老师参加后天上午的研讨会。另外，复生邀请了武汉大学原校长刘道玉先生，他想请戴老师今天下午陪刘道玉游书院、爬岳麓山。刘道玉在武汉大学当校长时，我正在湖南师大读书，经常听到他的大名，因为他是中国最早的大学改革者之一，当时的《中国青年报》对他曾有过整版篇幅的报道。老人现已年近八旬。

晚十点回水木轩。读近期的《晨报周刊》。《晨报周刊》分A、B版，A版是文化版，B版是生活版。我总是只能看看文化版，生活版太时尚，我跟不上。这期文化版上有诗人非牛做的朱健老师的访谈。朱健和彭燕郊同为“七月派”诗人，彭燕郊老师去世后，朱健老师便是硕果仅存了。我编《湖南教育报》副报时，约过朱健老师的稿，后来想做他的专访，因报纸突然停刊而未遂。他曾多次邀请我去他那里玩，我竟一直没有去打扰过他，我们也就一直没有见过面。我非常喜欢朱健老师的文章，因为经常能读到他的文章，我想，见不见面就是次要的了。祝朱健老师健康、长寿！

12月19日　星期五，晴

这两天的主题是“鲁迅与教育”。上海的鲁迅研究会与《晨报周刊》在湖南大学联合举办这次论坛。我作为嘉宾参加了今天上午的“鲁迅：教育的智慧”研讨会，收获很大。

第一个收获是见到了武汉大学的老校长刘道玉。昨天在论坛上听他演讲，今天在研讨会上听他发言，果然名不虚传。刘道玉是中国真正的知识分子，他的思考振聋发聩。他谈到教育改革的艰难有三个原因，一是以改革代替发展，以改革的伪命题遮蔽现实状况；二是社会改革与教育改革本末倒置；三是革新与习惯存在重大冲突：新的东西即使好也不好，因为不习惯；旧的东西即使不好也好，因为习惯了。

第二个收获是见到了周令飞先生。今天上午，我正好坐在周先生旁边，得以仔细观察周先生的举手投足。我观察周先生意不在周先生，意在鲁迅，因为他是鲁迅的孙子。我试图从他身上努力找寻那个“先生”的身影。令飞先生五官颇像鲁迅，只是棱角没那么分明，但身材比鲁迅高大得多。他的性情通达温润，我想，这肯定是从鲁迅那里遗传下来的基因。人们多看见鲁迅尖锐决绝的一面，看不到他通达温润的一面，所以，无法认识真正的鲁迅。

第三个收获是见到中南大学孟泽教授。去年，在湘潭大学召开彭燕郊老师的作品研讨会，组织者便是孟泽。我因故没去，发短信向他告假。后来，我读《彭燕郊文集》，读到孟泽写的序，以为写得很好。不意今天他是半场会议的主持人，我们不仅相谈甚欢，而且得到他的大著《王国维、鲁迅诗学互训》。

今天的研讨会有20多位专家发言。复旦大学张业松博士谈到鲁迅最后被迫用美学来解决现实问题，我是很赞成的。因为鲁迅不是政治家，不是社会活动家，不是慈善家，他只是一名作家。我一直认为《故事新编》是鲁迅的巅峰之作，是他的绝唱。上海鲁迅纪念馆的一位老师提到，鲁迅关注弱势群体，鲁迅作品中“弱者”一词提到40多次。还有一位女士说，鲁迅喜欢“鼻子”这个暗喻，他认为鼻子是人身上最醒目的器官，最容易暴露人的本性，他强烈反对“高鼻子崇拜”。通过这次论坛，我感到目前鲁迅研究存在着两个问题，第一是鲁迅研究始终在主流文化体系内进行，这就使得鲁迅的怀疑与批判精神流失殆尽，更遑论决绝的姿态了；第二是鲁迅研究的学院派气息太浓，这种研究能培养出教授，却无法造就思想家和行动者。真正意义上的鲁迅研究或许只能寄希望于民间，打着研究鲁迅招牌的纪念馆、教研室和课题项目几近苍白，学者的“深刻”几乎都是陈词滥调，是自鸣得意的八股文。

等所有写了稿子的专家发言完毕，蒙令飞先生所赐，我捡了几分钟做了自己的发言，我说：

我不是专家，我之所以来到这个论坛，一是因为我敬重鲁迅，二是因为我在教育报刊做过20年的记者编辑，我了解教育。

我们现在的教育太危险了！这种教育态势与鲁迅的教育思想和期待是背道而驰的。当年，鲁迅对以社会为主体的教育环境非常严苛，他不惜做出文学上的牺牲，写了大量的杂文，对社会的黑暗与丑恶大加挞伐；但他对受教育者，对学生和弟子则是格外宽厚、包容，他不遗余力地扶持青年作家，他在北师大事件中义无反顾地站在学生一边，等等。然而，我们现在正好相反，我们对受教育者非常严苛，把学生进行军营式管理，让他们夜以继日地大量透支自己的体力和智力。我们的教育从不考虑孩子的个性，而是不由分说地把个性不同的孩子们放进同一个模子里，让他们模式化、标准化；但我们对教育环境和社会环境反而格外宽容，三教九流、五花八门、形形色色，都在社会的金光大道上畅通无阻。一百年前，鲁迅呼吁“救救孩子”，砸烂那间围困孩子的铁屋子。一百年后，孩子依然被围困在应试教育的铁屋子里，还有商业时代的黑洞、官本位社会的潜规则等，都在张开血盆大口，吞噬着我们的孩子。

鲁迅把教育堕落的账算在社会环境上，我们却把教育滑坡的账算在孩子们身上。刚才上海鲁迅中学那位老师发言，说现在的孩子不懂得爱，不讲诚信。试问，在一个暴力横行的家庭，在一个父母将所有精力放在麻将和金钱上的家庭，我们怎么让孩子去懂得爱？又试问，在一个坑蒙拐骗事件充斥晚间新闻节目的社会，我们怎么要求孩子来讲诚信？

好比教孩子们仰望星空，我们一个劲地让孩子看天上闪烁的星星，让他看有光亮的东西，让他习惯光明；而鲁迅先生不一样，他大声疾呼，要孩子们看星星周围巨大的虚空，看那厚厚的黑暗。不是说黑暗就一定是腐朽与没落，更重要的是，黑暗背后是无尽的空间，是无穷的可能。我们的孩子，从小以为天上只有几颗星星，他们不习惯黑暗，但当他们碰到黑暗的时候，他们无所适从。这就是我们教育的悲哀。

12月22日　星期一，阴

上周六中午，复生要我到河西新民路口的大碗厨饭店聚餐，与席的还有中南大学文学院教授、作家阎真，复旦大学文学院教授、博士张业松，红网博客论坛编辑张亦男。阎真我是第二次见面。办《大学时代》杂志时，郑艳去中南大学对他做采访，他托郑艳签名送了一本《沧浪之水》给我。2006年我去湖南理工学院出差，余三定老师设宴招待，正好遇上阎真在那里讲学，那是我们的第一次见面，但人多嘴杂，没说上几句话。这次算是对双方有了一个比较好的交代。他问我："你究竟是哪个名字？把我搞糊涂了。"我就向他汇报了有关我名字的一些故事。阎真与业松聊得很多，他们是同行，有很多东西可以交流。当一名旁观者可以看出他们的不同来——虽然他们都擅言，但业松是典型的学者，理性严谨，出语端肃；而阎真生动活泼，出语俏皮，童心宛然。

阎真只带了两本书，业松是远来的客人，他自然有一份；亦男是曼妙的女孩子，也自然有一份，剩下我和复生干瞪眼。不像我，一口气带了四本，一人一本。所以，著名作家的做派就是不一样，他永远让市场处于饥渴状态。

12 月 29 日　星期一，阴

上周六上午 10 点，湖南省诗歌委员会第二次会议在湘江风光带的挪亚游轮上召开。谭仲池先生是诗歌委员会主任，他当然要参加；何立伟、阎真、王平、龚政文等虽然不写诗、但与诗脱不了干系的作家们也来了。何立伟戴顶帽子，个头倒显得矮了。阎真几天前刚见过，很是亲切。政文文章好，官也做得好，头上白发多了不少。最潇洒的是王平。很多人不认识王平，王平也不想很多人认识他，但他是长沙最好的小说家之一。他的文字干净得让你找不出一点渣滓，和他的一张白脸异曲同工。他永远是一副少年的样子，时间拿他没一点办法。他多年不写小说了，手里换了一样更大号的——照相机。很多人都说，长沙的小说家像何立伟、宋元、王平对小说那副懒洋洋的样子，是湖南小说甚至是中国小说的损失。小说拿了他们也没办法，但淡泊使他们在生活上获得了更多的灵气、舒展与自由。很高兴，还看到了李元洛和彭浩荡老师。彭老师的朗诵总是诗会上最富激情的节目，今天也不例外，但他今天竟然忘词了，他说是平生第一次。朗诵了一辈子诗歌，今天终于填了忘词的空白，真不容易，太可爱了。

2009 年卷

1 月 15 日　星期四，晴

早两天，新散文论坛坛主马明博电告我，承蒙论坛朋友们的推举，我荣幸地获得 2008 年度“新散文奖”。获这个奖我感到很惭愧，一是我散文写得很少，发表也不多；二是由于去年和龙源期刊网签约，散文小说不能乱发，所以我几乎没怎么去论坛了。难得新散文的朋友们还记得我，并给予如此鼓励，令人感动。我在论坛回了一段话：

> 前晚，明博兄电告我获得新散文同仁的认可，得到了较多的票，我感到很意外。虽然，我对自己的文字从来没有失去过自信，但我也从来没想到自己会获什么奖。我一直认为获奖是一件扯淡的事情。我曾拒绝过一些要我上交材料的获奖。我认为，作为文学奖评委，你连我的作品都没读过，还要我把作品送到你眼皮底下讨一个奖，我不干。我不认为这样的奖是真正的奖励，那是典型的浮名与虚荣。尤其有些所谓大奖，还得去跑评委、打招呼，我不知道一个作家要这些东西干什么。我不要也罢，让他们去拿吧。
>
> 新散文奖没有这些市侩气息，没有这些权谋伎俩，能获得这个奖，我感到很高兴。虽然在这个论坛，我也许不是写作水准最高的作家，但我像许多作家一样护惜母语、认真文字，我也从他们的作品里受益匪浅，如闻道的

大气、明博的淡雅、广龙的绵密、川美的诗性、雪儿的奇诡、佳骏的深挚、元武的宽博，等等。感谢新散文论坛的朋友们，感谢你们的鼓励！我会继续努力！

2 月 8 日　星期日，多云

昨天下午，坐在小姑家，看到沙发上有一本《读者》杂志，大约是去年的第 16 期，拿来一翻，正好是薛忆沩的大作《外婆的长恨歌》。我赶紧推荐给侄儿一笑读，让他领略一下真正的好文字。忆沩的外婆九十多岁，能完整地唱诵《琵琶行》和《长恨歌》，她时常一边做针线活一边以吟唱《左传》自娱。这样的老人，天下有几？

同在这本杂志上，看到美国诗人弗罗斯特的一句诗：“初春幽闭的芽中藏着碧绿 / 即将长成阴阴夏木”，读来神清气爽。春天就在这一句诗中来到了。《安徽文学》杂志社蒋建伟主编打来电话，告知我发表在去年《安徽文学》第 1 期上的散文《灵魂的入口》，经读者投票和专家评定，获得 2008 年度“《安徽文学》奖”，嘱我写一个 400 字的获奖感言。

2 月 17 日　星期二，雨

上周六上午 11 点 45 分，乘国航的班机赴北京参加“《安徽文学》奖”的新闻发布会。高兴的是，第一次见到了杨献平，他也是获奖作者，我的获奖作品还是他推荐发表的呢。大伙畅述一番，献平说快了我便听不太懂，但能从他的声容手势里领略那种燕赵慷慨之风。

和我同住一室的是原承德市委宣传部副部长刘长满老人，年过七旬，他的手因在“农业学大寨”时冰冻萎缩，属于一级公伤，退休后勤奋笔耕，出了好几本书。第二天，结识龙源期刊网总裁穆广菊、《安徽文学》副主编黄艳秋、《文艺报》石一宁主任、《中华读书报》记者舒晋瑜等。

周日上午10点，新闻发布会开始。蒋建伟主编先介绍了评奖情况，这次安徽文学奖全部由读者投票选出，前五十名为提名奖，前十名为“安徽文学奖”。我从文学评论家雷达老师手中接过证书、奖杯和奖金。获奖证书上写着：“吴昕孺：您的散文作品《灵魂的入口》在本刊2008年度读者投票评选活动中，得票数5541张，排名第二位，荣获《安徽文学》奖，奖金1000元。特发此证，以资鼓励。”

下午，组委会安排去鸟巢、水立方参观，我因为应明博兄邀请，去他家做客，遂与朋友们作别。下午两点到了明博家中，明博兄燃香沏茶，他和夫人肖遥、我围一张小方桌而坐，侃侃而谈，津津乐道。明博温言细语，肖遥君锦心绣口，谈及文事、佛事与人事，均敞亮明快，妥贴精当。

从明博家出来，争玉派人来接我，去参观他的公司、办公室。晚餐是一个小型的湖南老乡聚会，有封建强、王珲、陈清等。饭后，企业家、诗人南雁在亚洲大饭店茶厅等着，我们一干人又跑过去喝茶、聊天，这下话题转到了文学，因为建强问及目前文学的困境，他想有些了解。我和南雁分别作答。我谈到的主题是作家如何选择读者的问题，我说了一句：“宁可自费出版，也坚决不向低俗读者低头。”口气决绝，我想，这就是我的底线。

这次获奖的散文《灵魂的入口》其实是我十年前的作品。十年来，这篇12000字的散文没有在任何报刊露过脸，直到《安徽文学》发表了它。有趣的是，在新散文论坛颁发给我的“新散文奖”的授奖辞中，我获奖的理由是：

吴昕孺的散文，小得像一滴水，但他却滴水藏海，让人从中领略生活的本来面目。在写作中，吴昕孺从不大言炎炎，因为短小，他更重视言之有物，言之有情，言之有人性。感谢吴昕孺的写作，为我们提供了小散文的范本。

我颇为认同这样的授奖辞，因为我确实在小散文上下过大功夫，而我小散文的代表作品《生活秘笈》同样是十年前的作品。我对自己最满意的地方是，我没有因为十年前这些文字得不到发表和获奖就抛弃它们，我一直有着适度的自信，就像我有着适度的谦卑一样。可以说，我现在的文字较之十年前更有进境，比如诗歌和小说，但它们依然岑寂，依然默默无闻。它们虽然内秀，却是那么羞怯、内敛。不要着急，我要让它们慢慢凝聚自身的光华，如果它们真有光华的话。

2 月 22 日　星期日，雨

上周五中午，在和府五楼熬吧六经包厢送王庭坚赴京。戴海老师作了激情、幽默的开场白后，点名要我致“欢送辞”。我本来也想幽他一默，但一开口就有些认真了。我说，我每当看到或者想起庭坚，脑子里就浮现出第一次见到他的情景：在师大体育馆的舞台上，一位土得掉碴的小伙子站在我和戴老师面前，上身穿着蓝色卡其布衣服，如果不是新的就是很整洁，看得出准备之用心；下面却穿着一条皱巴巴的灰色裤子，似乎没办法把下面也准备得像上面那么好。他有些紧张，但故意做出不紧张的样子，微笑，不多言。此前，我遵戴老师之命，读过他在高中时出的一本书，对他的才气已了然于心。

与现在的风气相比，那时的师大是一所伟大的大学，因为它的明道与厚德，能容纳庭坚这样充满才情却有点偏科、未见得能通过考试的孩子。庭坚能有今天的出息，第一步的迈出是非常重要的。当然，我觉得庭坚的出息远不仅仅表现于仕途的通畅，而是他在人生旅途中永远保持着求知欲，保持着难得的良知，保持着自己可贵的理想主义。这种东西能保持到今天，我相信，以后一定能成为庭坚一日千里的动力和保证。

3月8日　星期日，晴

上周末，谢宗玉过来，在兴汉食府聚会。他请鲁之洛老师吃饭，邀一干子好朋友作陪，有原《书屋》主编周实先生、长沙晚报社副刊的资深编辑奉荣梅女士、安仁县委宣传部副部长罗范懿先生，还有《教育测量与评价》杂志的编辑龚倩美女。

鲁老师今年75岁，是前邵阳市的文联主席。他曾多年居住珠海，90年代主办《明镜报》时，我是他的作者。我和鲁老师有过很多书信往来，他的字写得很好，因为喜欢那些字，我便把他写给我的信都留了下来。我们见面不多，印象中，每次见面他都神采奕奕，但说话不多。据说，他的文选三卷即将出版，值得期待。周实的文章犀利精辟，为人却十分温和，总是笑着，尽可能表扬他人，把每个人的优点都挖掘得很细。他和王平当年是《书屋》的"双子星座"，王平很骄傲地玩摄影去了，他则继续滋滋润润地读书。如果要算湖南的读书人，朱健、钟叔河、朱正、弘征等老同志以下，恐怕就要数到唐浩明、周实、彭国梁、向继东等"新锐"层了。

3月18日　星期三，晴

鹏飞兄的长篇小说《漂流瓶》在《芙蓉》上分三期刊出，他星期一送了一套给我。他问戴老师从三亚回来否，我说回来了啊，两人便一车开到河西，傍晚时分，在松花江饺子馆与老师会合。然后沿湘江堤岸，到岳麓山脚，喝茶聊天。聊到诗人艾青在新疆石河子的岁月，老师说，艾青被打成右派后，本来要和丁玲等一起发配到北大荒，王震爱才，他对艾青说，北大荒条件太差，你还是去我那里吧。艾青就这样到了新疆。每次开大会，王震都要把艾青拉着坐在他旁边，对着下面高声喊道："你们认识这个人吗？他就是全国有名的大右派艾青！"

已去世的新疆建设兵团作协主席、戴老师的好朋友、诗人洋雨说了艾青的两件事。一是艾青无论到哪里，随身总带着一个大箱子，可以说是箱不离身。有一次他打开给洋雨看，原来那只箱子里全是各国作家和政要送给他的礼物，包括聂鲁达送的。第二件事是艾青在新疆时，无论什么人去调查他，问他的话，他都沉默寡言；等这些来调查的人一走，他就活跃起来。当时，由于他的引领，新疆出现了一批写诗的年轻人，有洋雨、杨牧，还有一个长沙伢子，叫易中天。易中天诗才不高，也出了一本诗集，但他口才好，后来在中央台的"百家讲坛"上呼风唤雨，此是后话，暂且不提。

3 月 27 日　星期五，雨

昨天是诗人海子的 20 周年祭日。我读过海子的部分诗歌，他在上世纪 80 年代中晚期无疑是中国最好的诗人之一，他是朦胧诗派之后的优秀诗人，是夹在"北岛"与"打倒北岛"之间的一个异类，是西方现代诗与中国农耕文明孕育出来的结晶。海子的诗有一种近乎迷狂的激情，具有中国诗人难得一见的宗教气质。昨晚与诗人易清华正好聊到北岛，因为我最近刚刚看完北岛的两本书，《时间的玫瑰》与《青灯》。这两本书诚然不错，但从整体上说，北岛是令人失望的。他本应是朦胧诗派那拨人中最有出息的一个：诗派的主要代表，独特的西方经历与超凡的悟性。

但从现在看来，他的成绩有限，诗歌创作尤其没有说服力。在才气和经历都不相上下的前提下，北岛不能成为中国的布罗茨基和米沃什，个中原因究竟是什么呢？中国诗人喜欢怪罪体制，“体制”已经约束不到北岛了，可北岛依然是北岛。我的意思是，北岛虽然在国外，但骨子里中国的文人气太重。他缺乏的正是海子身上的东西——迷狂的激情与宗教气质。

3 月 30 日　星期一，雨

昨天下午，三湘都市报等单位在省图书馆举办纪念彭燕郊老师周年祭辰诗歌朗诵会。龚旭东、韦白、远人是组织者，我应邀参加。彭老师的夫人张阿姨和女儿丹丹来了，彭老师的许多得意弟子来了，对彭老师诗歌创作卓有研究的孟泽教授来了，滑动门、诗屋以及新湘语论坛的精英骨干如欧阳白、唐兴玲、欧飞廉、易安、易彬、匡瓢、森林伐木、凌峰、苦茶、雨典等来了，彭老师文集的责任编辑崔灿来了，《文学界》编辑、诗人易清华来了，长沙晚报的编辑奉荣梅和任波来了，湖南诗坛新生代妙不可言、淹月、李婷婷来了，年轻的翻译家陈瑛来了。我朗诵了彭燕郊老师的诗歌《秋天》，诗比较长，是我很喜欢的一首：

“……秋天是多么美好啊 / 我看到她，从时间之流的波心捧出 / 如同初绽的蓓蕾 / 半带羞涩的缄默 / 温存地抚慰着旅人孤寂的心 / 到更远的地方去啊 / 受到遨游于秋空的 / 那洁白云朵的鼓励 / 我将永远庆幸 / 自认为是这个时代最幸福的孩子……”

4 月 10 日　星期五，多云

《文学界》第 4 期做了一个很好的专题，对上世纪 80 年代以来已故的四位青年作家进行回顾。他们是骆一禾、苇岸、江堤和台湾作家林耀德。骆一禾是海子的好朋友，一直推崇海子，但我个人喜欢骆一禾的诗歌更甚于海子。他和海子是中国新时期现代诗歌的真正先驱者，仅从诗歌来说，他们的意义应大于朦胧诗派。因为即便是最为成熟的朦胧诗，离真正的现代诗歌，还有一定的距离。我认为现代诗歌的主要特征是：其一，神性而不是人性的自觉（主要作用于对人思想的提升）；其二，跳跃的意象（主要作用于对人智性的提升）；其三，饱满激情在冷静中所形成的大气（主要作用于对人境界的提升）。这三点，骆一禾和海子是最早的自觉追求者。

苇岸是中国最富有自然气息的作家，他不是在抒写与表现自然，他的文字就是自然的一部分。那篇《我的邻居黄蜂》写得好极了，我要把它推荐给青少年读者，让他们见识什么才是真正的好散文。

江堤，一提起他就让人心疼。江堤的专辑是彭国梁组编的，很丰富，选发的《治肝记》是江堤散文的名篇。这样的文字是用命换来的，说“字字珠玑”实在是太廉价了。

4 月 17 日　星期五，阴

从海口书生朴素的博客上发现他有一段写《穿着雨衣的拐角》的话，摘录如下：

《穿着雨衣的拐角》（吴昕孺著，珠海出版社 2008 年第一版）

知道吴昕孺的时候，他叫吴新宇，一位湖南诗人。后来在天涯社区里相逢，读到的是他的散文随笔。“穿着雨衣的拐角／静如一枝伤残的玫瑰／夜刚来过。它停留了很久。”我很喜欢这句“夜刚来过。它停留了很久”，仿佛深深的寂寞沉在夜里，沉在心里。《穿着雨衣的拐角》三分之二的篇幅是诗歌，三分之一则是诗歌评论。翻阅此书，我看到了昕孺对诗歌葆有的一颗赤诚之心。

4月24日　星期五，雨

杨献平主编的《散文中国 · 散文新锐九人集》(天津人民出版社)，九个人分别是：吴昕孺：诗意栖居在大地上的赤子；段炼：古典之美云水襟怀的游子；李天斌：关岭隐约的时空里的稻子；师永涛：云下的村庄种洋芋的夫子；江南雪儿：漂在语言河流上的竹筏子；蓝燕飞：有慈悲心写心灵史的小女子；龙章辉：逸境心远地自偏之自然之子；李新立：雪落有声夜独行之边城浪子；东湖：江月何年初照人之江城子。

收录的我的作品有《日常物事的诗意》《遥望林徽因》《逍遥的庄子》《我的前生是一只羊》《长城长长长》《所有人都走在我的前面》《永恒的寓言》《致戴海师的一封信：皈依南岳》《生活秘笈》。献平兄在序文中关于拙作有一段小评：

> 吴昕孺的书生气是介乎高阁与尘埃之间的，既有对云端气象的仰望和赞美，也有对现实生活的独到颖悟。如他的《日常物事的诗意》《生活秘笈》等文章，便是一个书生向尘世的一次次俯首，是一个性情中人对安静抑或喧嚣事物的观察与抚摸。而他书写近代文人命运的那些篇章，善于从先辈身上，发现与众不同的文人命运和各个不同的近代中国文人精神。
>
> 吴昕孺的散文写作面广，既能深入物象肌理，又能凌空高蹈，语词清晰别致，诗意灵动，这大概与他的诗人身份有着莫大的关系。他俯瞰和抚摸的都是近前的那些安静

或喧嚣的生活本身，在人间烟火气息之外，还有清爽优雅的精神味道。这使得吴昕孺的散文写作显得丰厚和自由，也使得他的作品具备了较强的现实性和思想性，常常引人共鸣。

献平写的都是美词，但撇开对我个人的赞誉，他提出了一个散文写作的课题，那就是作家应该怎样在“高阁与尘埃之间”找到自己的位置。我们的写作往往是：要不溷迹风尘，要不高高在上，这样的作品当然无法引起读者的共鸣。文学创作最终演变成文人的自娱自乐，对时代与文学而言，都是悲哀的。

5 月 18 日　星期一，雨

上周五上午，萧金鉴老师来我办公室。他每次来，都要帮我“清理书架”——将我书架上他想要的杂志拿走，把剩下的整整齐齐摆在那里，他说我这里太乱，他是来做“义工”的。这回他清了三大包杂志和书，费了我两根纤维绳，两个纸袋，走的时候，他一个劲地叫我别送，说：“下次再来，下次再来。”萧老师是《书人》杂志的编辑，世界上像他那样爱护印刷品的，我还不曾见到第二人。萧老师给我带来了今年所有的《书人》杂志，还有上海虎闱赠送的大著《旧书鬼闲事》，多谢虎闱老先生。

下午，涉外学院湘流文学社举办“母亲节诗歌朗诵会”，这是第二届。朗诵会结束后，我和远人、雪马、海燕、李婷婷五位诗人坐在台上和来自长沙各院校的文学社朋友们进行了半个小时的问答式交流。见到了文培的女友小谢，据说也是小才女，我送了一个苹果给她。敏华则忙着为江冬找漂亮的老乡女生，让江冬小小的脸庞上散发着童贞的光辉。晨曦开车来接我们，招待我们在桥头堡吃晚饭，又将我们一个个送回家。如此地主，不亦宜夫！

5月27日 星期三，雨

昨天下午，奉老朋友樊蔚之命，去大众传媒学院为同学们讲一堂课，题目是《21世纪，中国传媒的机遇和挑战》。一个多月前，樊蔚就和我说起这事。我办《大学时代》时，他和景学两位师兄给予了极大支持，他们有令，我当然不敢推辞。在大众传媒学院图书馆，我向两百多位传媒专业的学子畅谈了我对中国传媒现状与发展的粗浅认识。同学们既热情又认真，下很大的雨，还打着伞跑过来听讲座。我相信，他们之中一定会涌现出未来的传媒精英。

庭坚去北京前送给我一套岳麓书社出版的《沈从文别集》，最近在系统地学习，直觉得沈从文的作品真的是好。除了《边城》《长河》，他的中短篇小说和散文不仅写出了湘西的神奇与美丽，他还是最早深得现代文学神韵的中国作家。

川美寄来《沈阳铁道报》周末副刊，“在线阅读”专栏刊发了拙作《一个村庄的消失》，文后还附了几位文友的精英跟帖。

宋梅寄来《长沙晚报》，她主持的副刊发表了拙作《乡下的雨》，十几年前的一篇小文字，发出来算是一种温馨忆往。

6月8日 星期一，阴雨

有朋友问我对湖南高考作文题“踮起脚尖”的看法。对高考作文题的看法纯粹只能表示个人意见，众口难调，出题也不易，这有点像每年的春晚，总是不讨好。“踮起脚尖”这个题目看上去玄乎，但对于青少年来说，写作空间不大，不容易出彩。

我认为，高考作文题宜稍微宽泛一点，与现实生活更近一点，让孩子们可以打开想象空间。今年全国的作文题都有不小的问题，要不故弄玄虚，如上海卷写郑板桥，江西卷写兽首拍卖，几乎不知所云；要不老套得让学生提不起兴趣，如海南卷的题目“诚实善良”，福建卷的“这也是一种__________”。

个人觉得今年出得最好的是四川的作文题：熟悉。

6月11日　星期四，阴雨

几年前，在贵州开阳县开散文诗笔会，认识一位文友，姑且称之为T。我们是在笔会的最后一天才认识的，因为前面几天我私自跑到外面去玩了。后来，我们交流各自的专集，她写散文诗，写散文和小说。她的散文诗语句典雅，抒情意味很浓；她写的长篇小说故事性强，对世相有相当深刻的剖析。但去年，我忽然得知，她患了癌症。正当我悲伤的时候，她却因为自己的病吓了我而表示内疚。而后每次短信探询，她都是那么阳光，充满自信。我为有这样的朋友感到骄傲。

也是在去年，我在天涯社区的“散文天下”认识一位朋友，姑且称之为Y。我开始以为她是一位像我一样的男性书生，因为她的网名给了我这样的暗示。她对我发在“散文天下”的文章提出了很多鼓励和中肯的意见。我发现，她是能在网上那么认真读文章的极少的人之一。我可以自豪地说，一个作者拥有这样的读者，真是幸福的。而她自己写的文章虽然不多，却简洁、隽永，字里行间跃动着一颗孤独而热切的灵魂。前不久听说，她因心脏病昏迷住院。好在有一个手机号码，我昨晚发短信去慰问，是她姐姐回的信。她姐说，她已没有危险，但仍不稳定，暂不能接触电话、电脑。她姐还说，她听妹妹说起过我，说我的文章“很干净”。干净，多么美好、高远的境界，这正是我要努力去追求的。但现在，我只能双手合十，默默祝福我的朋友们，健康，快乐！

我非常感谢这两位朋友，她们让我明白生命的内涵。我想，我们平时所说的珍惜生命，并不止于尽量将自己的生命延长，而更重要的是，让自己的生命更有密度，更有意义，真正体现出精神的活跃，而不是一具行尸走肉。

身体，这个属于自己的物质，我们常常对它很无奈。它总是以一个叛逆者的形象出现，不为我们所控制，做些令人匪夷所思的恶作剧。从很多年以前起，我就对它摆明了这样的态度：我尽可能善待你、尊重你，希望和你做永久的朋友，如果你硬要另起一条心，我也决不勉强，随你去吧。阅人多了，见事多了，得出一个不讨人喜欢的结论：绝大部分那么长的生命都是些无聊的酬酢和浅薄的苟且。我思故我在，不思考的人，还有“在”的意义吗？所以，我的生命，无论长短，是一定要有“思”的追求的，否则，不在也罢，愿上帝督促我吧。

6月20日　星期六，晴

网上有金庸将加入中国作家协会的消息，争议颇大。我觉得，这不应该有什么争议。有的网友说，如果金庸加入了这个协会，就再也不看他的书。这样的语言颇情绪化，不太好。你喜欢那个人的书，管他是不是作协会员呢。不过，作家协会的确是一个尴尬的存在，它已经成了一个官僚机构，我很难想象金庸会主动申请加入中国作家协会。到网上一查详情，才知道金庸只是上了中国作家协会2009“拟发展的”新会员名单，也就是说，至今只是作协的一厢情愿。这次“拟发展的”新会员名单还有其他几位港澳作家，也就是说，这次作协发展新会员还兼顾了做统战工作，一石两鸟啊。

我在想，金庸会答应加入中国作协吗？以大侠年迈之躯还在寻思把原来那些煌煌佳构改成平庸之作的举动，他说不定真会把自己“修改”成一名光荣的中国作协会员呢。

7月7日　星期二，晴

上周，争玉打电话，说他本周回长沙，要带一个云南作家来。后来才知道，这个云南作家来头可不小，他是云南省教育厅罗崇敏厅长。厅长写作时下也不鲜见，但崇敏先生在政界是一名极富激情、颇有争议的改革家，在文坛又是饱含思想和智慧的作家，这的确罕见。《南方周末》曾以整版篇幅介绍崇敏先生的改革思想与履职行动。

在政绩上，这位38岁才当上副科长的“改革派”代表主政滇南边疆的红河哈尼族彝族自治州时，推行了全国最大规模的乡镇长直选，尝试了理想主义式的迁徙自由与城乡户籍二元制的破除……看上去像是诗人的大手笔，却无不渗透着为政者深刻的人文关怀。在学术上，他出版了具有独特思考力的《中国边政学新论》《资本营运概论》《县域管理研究》等专著。在文学上，他写过剧本《天下一碗》，最近在人民出版社问世的随笔集《天鉴》市场发行已超过六万册……我们这个时代，需要这样的传奇！

昨晚，我有幸在喜来登酒店见到崇敏先生一行。长沙文学界精英罗成琰、梁瑞郴、王跃文、阎真、王开林等以及省新闻出版局朱建纲局长、省书法家协会主席何满宗先生均在座。成琰老师告诉我，他新开了博客，当常去学习。满宗主席说看见我很面熟，我说，你在《年轻人》做编辑的时候，我在那里实习呢。说来还是故人。开林坐在我旁边，他坚持跑步锻炼，文章愈益精粹，人却愈益年轻。跃文兄从桌子那边跑过来敬酒，我举起绿豆汁，一刹那突然发觉他渐具“佛相”，可见这位以写官场小说著称的作家如今已修炼到何种程度。

更多时候是听崇敏先生发言。我们一起谈到湖南与云南的渊源，因为现在的云南省省长秦光荣是从湖南调过去的，他也是崇敏先生的重要发现者。建纲局长说，湘滇有很深的历史渊源，我们的蔡锷将军就是在云南起事的。看来，湖南人在云南干什么事基本上都能成功。我还没去过云南，得去那里干点事啊。

餐后暂别，崇敏先生握着我的手说："我们一见如故。"字字打在昕孺心上。周四将去毛泽东文学院参加《天鉴》研讨会。

7月9日　星期四，晴

今天上午，去毛泽东文学院参加罗崇敏先生新著《天鉴》研讨会。9点，研讨会在梁瑞郴院长主持下正式开始。我的座位在王跃文旁边。我和跃文见面不多，但印象中，每次参加类似会议我们都坐在一块。他刚写完一个长篇，心情轻松，我们稍微聊了会。

我看了下，今天到会的有三种人，一是官员，主要来自教育厅与新闻出版局；二是学者，主要来自各高等学院和党校、社科院；三是作家，来自作协内外。这三种人发言风格各不相同，官员发言客气话多，套话多，看得出罗先生的著作他们没怎么读，讲多了怕露马脚，故发言很短，说不了几句就拱手作揖，算是捧了场。学者发言学术语言多，听上去同样是些套话，只不过换成了学术套话，一二三四五开中药铺，因为书读得认真，发言较长，遗憾的是，他们把什么书都当成教科书一样读，说出来便也如教科书一样乏味。作家（艺术家）发言大多颇具性情，不能说书读得多么过细，毕竟对文字有天生的敏感，能抓住一本书的要害和核心，加上谈吐恣肆，听起来便有趣得多。

比如罗成琰老师谈到官员出书的问题，现在有几个官员出书是自己写的字？大多是秘书的作品，这样的书拿出来能当上博导，这种腐败已让中国学术病入膏肓。书法家何满宗说，现在很多人都不读书，吃饭多，喝酒多，就是读书少，官员尤其不读书，都灌得酒醉饭饱的，哪有闲心读书！说与写俱是一流的李元洛老师引用了中唐诗人徐凝的《和夜题玉泉寺》：“岁岁云山玉泉寺，年年车马洛阳城。风清月冷水边宿，诗好官高能几人？”又要做好官，又要写好诗，的确是不容易的。崇敏先生为官是具有理想主义的改革家，为文却立足时代，思考现实，深具前瞻意识与人文关怀，更为不可多得。

7 月 12 日　星期日，晴

网上得知，季羡林老先生于近日去世，大多报道称“最后一位大师的离世”。活到近百岁，离世没什么稀奇。身体好除了先天体质，还要性情平和；性情平和除了先天脾气，关乎心态涵养。所以活到百岁，生命本身是一个不大不小的奇迹。从这个角度来说，我觉得百岁老人都是生态上的“大师级人物”。至于中国最后一位国学大师，我个人认为，钱锺书之后，中国就没有国学大师了。大师不仅仅是某一学科领域的翘楚，而是应对整个社会文化、学术思潮有着不可磨灭的影响，季老只是属于那个时代优秀人物的年长者。

季老走好！

7 月 29 日　星期三，雨

收到台北《秋水》诗刊第 142 期。照例在封面与扉页之间，夹着该刊主编涂静怡女士的一封小笺，斜斜的字体，清秀雅致。平时的信件都是问好、询问近况、回忆交往的美好往事，这封却有着别一种况味：

昕孺：你好。没有时间回信，是时间不够用。晚年多病，花在去医院等看病的时间多了，今夏牙痛，拔了三颗牙，治疗就得花三个月，十分无奈。你写向明的诗，刊在第1期的《秋水》上。现在用航空给你寄上，请慢慢欣赏。谢谢你长久以来对《秋水》的爱护，那也是一种缘分。剩下18期了，我决定160期让《秋水》划上完美的句点。够久了，一本民办诗刊维持了四十年，是不容易的事。谢谢你陪伴我们走过许多的季节。一千个祝福。涂静怡，2009.7.21

这样的文字让人伤感，这三十多年来，静怡女士历尽艰辛，也乐在其中，她与《秋水》人刊合一，在中国诗歌史上几乎无人能做到这一点。这是一个伟大的、传奇的女性。我与《秋水》有近20年的缘分，包括2004年能去台湾，都多亏了《秋水》的盛情邀请，对静怡女士和《秋水》，我是怀着一份别样的感戴。但在三年前，我就写信劝静怡女士停办《秋水》，以身体为重，因为办一份如此精美的诗刊，要花费精力、付出心血实在太多了。今天我终于看到了《秋水》的倒计时，心里有一丝安慰；但18期还有4年多时间，依然很不容易。一本民刊办了40年，从未中断过，这是一项如何浩大的工程，这是一种如何执著的信念呢！

8月15日　星期六，晴

话说11日，我还在山东新泰，天气一天比一天热，但热不过阿滢、石灵和万志远等新泰朋友们的热情，继前一天我们去新甫山看了“新甫之柏”，这一天又前往天宝镇徂徕山欣赏“徂徕之松”，尤其重点去了李白曾和当地五位名士一起喝酒、吟诗的“六逸堂”，更是兴会无前，也多少补偿了没去济宁太白楼之憾。阿滢、石灵、袁滨、广袖、我，加上带队兼导游的天宝镇人大主任孟磊，此君曾习小说，对齐鲁文化颇有研究，我们正好一共六人，拍照留念，戏说组成新的“六逸”。

下午3点，广袖的车把我送到新泰汽车站，和袁滨、阿滢、广袖、石灵四位仁兄拥抱作别，前往此次山东之行的最后一站济南。5点40分到济南，因是下班高峰期，怕堵车，故乘三轮车至省委机关医院门口，自牧在三楼办公室等我，一直未曾见过面的老朋友徐明祥也在。自牧兄不仅帮我买好回程车票，预订了宾馆房间，还送给我他著的《存素集》《四面集》等书籍多种，以及去年第六届民间读书年会的纪念品：用泰山石制成的笔筒。明祥送给我他的大著《潜庐藏书纪事》《潜庐诗草》两种。

晚上，自牧在佛慧山一餐馆为我接风洗尘。饭后，去读书界声名赫赫的“淡庐”参观。自牧的新居在佛慧山谷，风景极佳，再坐拥书城，真是拥有福慧无数！

8月27日　星期四，晴

这向一直在写《齐鲁散记》，就像去年写西藏一样，人在长沙，心在胶州。《齐鲁散记》分两部分，第一部分是“十城记”，第二部分是“七友记”。

阿滢将我写的那篇《秋水文章不染尘》发到博客上后，《天津日报》社罗文华先生在后面留言：“读罢此文方想起来，这个吴昕孺原来就是吴新宇啊。他是我20年前的朋友。他为什么要改名？蓝苹改江青，是革命需要，吴兄为了啥？”文华先生确系旧友，应该是十多年前，成都龚明德先生介绍我们认识。那时，明德先生介绍我与不少优秀的读书人联系，如董宁文、张阿泉、罗文华等，感谢他的厚德。但搞《大学时代》几年，每天应酬俗务，荒废文事，读书界的朋友们都很少联系了。所以，我借阿滢兄的地盘给文华先生留言：

“问好文华兄，愚弟确是新宇，并未如蓝苹那样改名，只不过取一个笔名而已，官方资料上仍是‘新宇’。只是觉得人生如寄，文字如戏，换个名字做个隐者，好玩罢了。因为2002至2006年做了多年书商，宛如伧夫俗客，与一切清雅文友均无联系，如今重新读点书，写点文字，还盼文华兄玉正。昕孺敬上。”

8月31日　星期一，雨

昨天，复生来电话，说历史学家雷颐来长沙讲课，晚上在白沙源餐厅荷源包厢有个小型聚会，问我有没有时间参加。我正好想出去透透气，这么好的学习机会，怎能放过！聚会的除了客人雷颐教授，还有朱正老师、孟泽教授、复生，以及教育电视台“湖湘讲堂”制片人柳理和他的部下余学用、李芳。

雷颐教授籍贯长沙，他的长沙话讲得很流利。这次来长沙是参加教育电视台“湖湘讲堂”的国庆专题录制工作。雷颐认为，改革开放30来中国最大的变化是有了公共空间。但许多陈旧的东西根深蒂固，要消除它们并不容易。他说，他一位同学从美国回来，参观潘石屹打造的现代城，在一栋楼前拍照，遭到保安强行阻拦，说“这是我们潘总的房子”。这位同学据理力争，他很不理解，因为他没有去潘总的内室拍照，他是在大街上，是在公共空间拍照，为何要遭到这样的无理阻拦呢？更奇怪的是，同行的朋友们都劝他算了，而不是一起指责保安，争取自己在公共空间的权益。

朱正老师在思想界、读书界名头很大。抱歉的是，和这样的泰斗同居一城，我却是第一次见到老先生。老先生头发银白，思维敏捷，谈锋甚健。他25岁那年就出版了《鲁迅传》，50岁的时候，《鲁迅传》出第二版，75岁的时候《鲁迅传》出第三版，每25年一个台阶。

既然是聚谈，大家你一言我一语，很是有味，但以朱老先生和雷教授为主讲。我们讨论了鲁迅与周作人交恶的具体原因，讨论了三年自然灾害中国死亡人数的具体数字，讨论了右派和左派名称所隐含的悖论。

朱老师说，他和钟叔河被划为右派后都进了劳改农场，他被判3年，钟老先生更长，判了10年。平反后，他落户湖南人民出版社，他最为得意的事件是责编了李锐的著作《庐山会议纪实》；上世纪80年代风靡一时的《骆驼丛书》也是他的策划和责编。他担任湖南人民出版社总编辑期间，首次在国内推出《查泰莱夫人的情人》。我手头就有这一个版本，那是1987年我读大二时，通过同学关系买到的。

聊到10点，散场。正好与柳理同路，他把我送到水木轩。柳理是我的老乡，师大的学弟，曾在长沙县六中当过3年教师，后到教育电视台工作，早已是台柱级人物。我读过他的古体诗，写得很棒，今日一见，洵洵儒雅，才子也！

9月5日　星期六，晴

昨天下午，刘怀彧带着西藏诗人陈跃军从西而东，跨越湘江，到留芳宾馆。我在麓山厅为跃军接风洗尘。怀彧兄，即是我前面介绍过的写《朋友三四》的那位书生，正巧他在组织部供职，可以关照下跃军。

高兴的是，欧阳白、远人、龚军辉、李婷婷等长沙诗人代表也大驾光临，喝的是润帝酒，饮的是长沙水，吃的是湘菜，电视里看的是“快乐女生”，湖湘文化无处不在。

9月25日 星期五，阴

陕西文友胡树勇寄来散文集《守一不惑》，《紫槐香散文丛书》中的一本。树勇既在自己的工作岗位中很有建树，同时又在文学创作中勇于开拓，且成绩不俗。书中有一篇文章引起我的关注：《被以讹传讹的作家崔八娃》。文章写到周铁钧先生的散文《崔八娃逸事》讹误频频，却被《文汇报》《语文报》等一再刊传。树勇曾和崔八娃一起参加过安康市作协的代表大会，对崔八娃的了解应比周先生更多，也更准确。希望媒体重视树勇的这篇文章，以澄清讹误，让八娃老人九泉之下安息。

10月13日 星期二，雨

《文学界》这期的"人物"组编了三位写官场小说的作家：王跃文、周梅森、陆天明。时下，官场文学火爆得很，文学湘军更是此中主力，除跃文外，浮石、肖仁福、魏剑美、吴茂盛等也写出过较有影响的官场小说。据说，最近我的好朋友、诗人周碧华先生也以一部《人大主任》挺进"官场"，势头猛烈。算起来，湖南写官场小说的作家中至少有周碧花、魏剑美、吴茂盛三名诗人。这种转型我是完全能够理解的，官场小说卖得火，名利双收总比只出名或者只得利要好；再有，官也是人，官是人中间很特殊又很有代表性的一部分，写官同样也是写人，而不是写其他动物。

官场小说中，《国画》我读得最认真，我觉得那是一部不错的小说，这部小说好就好在——王跃文的初衷并不是想写一本"官场小说"，他只是写了自己最熟悉的生活、最熟悉的人，所以才写得那么透彻。他写出的是一个个的人，倘若能从官场中看到人性的挣扎，我们便不能说那是"官"的小说而是

“人”的小说。

遗憾的是，《国画》洛阳纸贵后，全国各地众多作家似乎觉得找到了名利之捷径，纷纷效尤。为写官场而写官场，于是，我们看到有如过江之鲫的官场小说都是着眼于官，而不是着眼于人，官场小说就只能沦为“官场潜规则”的大展览了。不过，话说回来，在官本位如此盛行的时代，出现“官场文学”这样的奇观不足为怪。一种文学现象，并不需要它本本都是经典，那是不可能的，但我们可以从这种现象的背后，看到世相，了解世情。这就是我们时代的本来面目。

11 月 5 日　星期四，晴

昨天，省作协常务副主席梁瑞郴先生邀请戴海老师聚谈，老师要我作陪。戴老师上世纪 90 年代末退居二线但还未办理退休手续之前，曾应梁主席之邀在毛泽东文学院主政了一段时间，为草创时期毛院的发展作出了重要贡献，他的另一个收获则是与瑞郴先生结成了好友。

上午 9 点 20 分，我到毛院门口，正好碰上戴老师。一起进去，先到毛院大厅的一座标志性群雕前，老师向我一一介绍毛泽东身边的文人们。和毛泽东一起坐在沙发上的是丁玲，毛泽东右侧是周扬，丁玲左侧是萧三。据说，做这个雕塑时，萧三家人坚决反对将萧三与周扬放在一块，所以中间便隔了主席和丁玲，免得萧三和周扬上来吵架。沙发后面还有周立波，拿着一本书，伏在沙发上听主席讲话；周立波旁边站着小个子田汉，戴着眼镜，似听非听。这个雕塑挺有意思的。

到了梁主席办公室，正好谭谈老师也在。谭谈老师没当省文联主席了，但还是中国作协副主席，他在毛院有一个工作室，65 岁了，很有活力，自己能开车。聊了会，谭老师走了。剩下我们三人，戴老师和梁主席主聊，我主听。梁主席是文人官员，接触面广，对各种文人、各类官员均有极深了解，而且我觉得，因为他与文人周旋日久，亦养成既细致又粗犷、既文雅又入俗、既敏锐又宽厚的特质，难能可贵。

11 月 15 日　星期日，阴雨

昨天上午 9 点，去省图书馆听王跃文讲“官场”。上周错过复生的讲座，这周不能再有闪失了。到省图书馆大厅时，正好跃文在，我连忙对来自西藏的摄影爱好者沈加臣说，赶紧跟名人拍照留念，等会人多就没机会了。加臣、跃军心领神会，一一和跃文合影，我也趁机和跃文夫妇拍了一张。

9 点半讲座开始，听众坐得满满当当。跃文讲了“官”“官场”“官场小说”三个概念的发生与演变，内容扎实，也很生动。虽然时有锋芒，但没有任何情绪化的东西，是一种思考的沉淀、一种历练的积累。特别是他说，中国目前道德水平的低下，“官场”应负主要责任；社会的习惯性虚假、欺诈行为与官场的带头作用密不可分。我十分同意。

11 月 23 日　星期一，晴

上周五，跃军告诉我，我的干女儿出车祸了！我大吃一惊。原来，西藏诗人李素平去年带我在唐古拉山游玩时收养的藏族女孩曲仁泽珍，在放学回家途中遭遇车祸，双腿有残疾的危险。素平两夫妇把曲仁泽珍视为己出，带她到拉萨读幼儿园，上小学，关怀备至。曲仁泽珍也很聪明乖巧，进步非常快，现在汉语说得很流利，前一段我们还在手机中通了话。车祸发生后，拉萨的医院表示救治困难，素平兄听说重庆有家医院不错，连夜坐飞机把曲仁泽珍送到重庆。由于及时，曲仁泽珍的伤情目前比较乐观。有意思的是，重庆媒体闻知此事，大肆报道，素平两夫妇在重庆已成为名人。

素平兄在电话中向我倾诉苦恼，他说，他只要孩子平安，不要成为名人，他不愿成为公众人物。我说，社会上那么多人关心曲仁泽珍，也是好事，孩子逃过此劫，必有后福。跃军说，素平两夫妇真是菩萨一样的好心人，这么大一件事，他们做得如此执著又如此自然，令人充满敬意。

12 月 6 日　星期日，阴

雪漪给我寄来了她的两本新著:《只有远方》和《春天的合唱》，均由内蒙古人民出版社出版。《只有远方》是一本散文诗集，雪漪以写散文诗见长，她有一本《我的心对你说》曾获得“中国当代优秀散文诗作品奖”，我曾有幸为那本书写跋，她也将那篇拙作收录到了《只有远方》的“附录”中。《春天的合唱》是一本文学评论与文艺随笔集。

2004 年，我和雪漪共同参加了台北的世界诗人大会，但雪漪先后还参加过澳大利亚悉尼、蒙古乌兰巴托和印度马德拉斯世界诗人大会，可以算得上名副其实的“世界诗人”。雪漪最让人佩服的，是无论在生活还是在写作中，她总有一种精神，有一种气场，因而更有一种魅力。两岸著名前辈诗人如陈幼殊、屠岸、海笑、王禄松等，都对她青睐有加、关怀备至，雪漪也从这些前辈身上，获得了很多教益和营养。祝福雪漪!

12 月 17 日　星期四，阴

收到从创刊号到第 6 期共六册《悦读时代》杂志。《悦读时代》是中国阅读学研究会的会刊，由东莞图书馆和东莞树正职业培训学校联合主办。我第一次看到这本刊，估计应该是我的小书友童翠萍寄来的，因为我看见目录页写着她是主编助理。

从中看到一则信息：国内有了首个以大学名义设立的文学奖“中国当代文学学院奖”。这是个双年奖，今年5月在南京评了首届，《彭燕郊诗文集》获得特别奖。祝贺彭老师！即便身在九泉，但作品仍生龙活虎。评委们表示要办一个“干净”的文学奖。我想，言外之意是不是很多其他文学奖并不干净？那么，文学奖又如何让它“干净”呢？我个人认为，减少奖金也许是个办法。如果这个奖的获得者奖金只有一元，它也许会干净一些。

12月21日　星期一，多云

昨晚，是《晨报周刊》主办的“爽读之夜”朗诵会。复生早几天就跟我约好，一定要参加。这样的美事自然不能放过。

因为安排我第一个朗诵，所以下午5点必须到场。朗诵内容都是从获得《晨报周刊》评出的2009年度十大风尚图书中选出来的，朗读之前还要由主持人孟泽教授念出获奖词。我觉得这种方式非常好，给长沙带来愉悦清爽的阅读气息。《晨报周刊》总编辑龚晓跃先生以及省内作家何立伟、何顿、浮石均出席。到场的嘉宾还有来湖南讲学的福建小说家陈希我。五一路“阅读花园”咖啡厅人头攒动，济济一堂，可见要在长沙掀起阅读的热潮并不难。

第一个朗诵还是有压力的，我朗诵的书是刘瑜女士的《民主的细节》，在这次风尚图书评比中排名第一。为了给自己和观众都减压，我将仅有的5分钟分成两部分，用4分钟讲了两个小故事，用一分钟朗读书里的一小段：

“谁都知道，花自己的钱是一件让人心疼的事，而花别人的钱是一件不怎么让人心疼的事。一个好的公共财政体系，就是要通过一个政治博弈的过程，让花别人的钱变得像花自己的钱一样心疼，哪怕一年也就是275美元。”

12月28日　星期一，阴

《岁月》杂志第12期刊发了我的小说《薛涛》。《薛涛》是我小说创作转型的一个标志，本人挺看重它的，能发表出来让更多的读者看到，高兴。

2010 年卷

1 月 27 日　星期三，阴雨

《安徽文学》1 ~ 2 期合刊发表了我的小说《宝贝》。这篇小说源自于我听到的一个小故事，在我的老家乡下，一对夫妇生了两个孩子，姐姐和弟弟，由于父母溺爱弟弟，姐姐对弟弟产生了仇怨，6 岁的她抱着还是婴儿的弟弟偷偷出门，要把他卖掉……

1 月 18 日　星期一，阴

台湾小伙子廖信忠第三次来长沙，是应《晨报周刊》之邀，参加他的新著《我们台湾这些年》的读者见面会与签售活动。多年前，他第一次来长沙，匆匆游了博物馆和岳麓山，在《我们台湾这些年》中略有记叙，着墨不多。第二次不知其详。昨天是第三次，他的身份由第一次的行者变成作家。

昨天下午在省图书馆的演讲，我因故没能去听；晚上赶到五一路阅读花园资讯咖啡馆参加信忠的读者见面和签售会。我老记不准时间，7 点到哪里，给复生发信息。复生说，官方时间是 7 点半，可能还要稍微推迟。我不急，因为阅读花园多的是书，我坐在那里翻看着梁文道的《常识》和北岛、李陀编的《七十年代》。将近 8 点，复生带着信忠一行鱼贯而入，《晨报周刊》总编辑龚晓跃先生和出版集团资深专家苏建科先生亦来捧场。

信忠不胖也不瘦，不高也不矮，儒雅知性，彬彬君子。他站在那里，典型一个中国小伙；开口说话，便让人明白，哦，来自台湾。

复生要我作一个发言，谈谈与台湾诗人们的交往。于是，我简单谈到了《秋水》《创世纪》《葡萄园》，谈到了洛夫、涂静怡、文晓村，谈到了2004年的环岛游，等等。我也谈到了信忠的书，认为他以个人视角，真实记录了“台湾那些年”的历史；而且他的文字很酷。最后，我祝愿他在未来的创作中，能写出在思想与文化层面挖掘更深的作品。

长沙夜晚喧嚣的街头，与信忠握手告别。想起6年前我也是在一个这样的夜晚抵达台北，作家石子高举写着我名字的木牌，在机场接我。就是在这样的相见与分离中，两岸一步步靠紧，靠紧……

1月25日　星期一，阴

上周四上午11点半，坐“和谐号”动车前往南昌，3个小时后抵达。晚上，江西教育期刊社《教师博览》杂志主编薛农基来七星商务酒店看我，不久，《文学与人生》编辑部主任魏小英也来了。农基兄是老朋友，我几次到南昌他都陪着我，第一次游滕王阁和去八大山人纪念馆都是他带我去的。小英是第一次见面，她热情、能干，办着一本人气颇旺的文学杂志，体味着职业的陶醉和经营的艰辛。农基请我和小英到迪欧咖啡馆吃饭、喝茶，至10点。

周五上午9点，在酒店商务会议室召开全国中学生作文大赛评委会议。与上次在长沙的评委会相比，有一半是老面孔，比如上海的姚建庭、香港的余非、黑龙江的申冬梅、河南的牛尔为、四川的邱易东等。

晚上，江西很有实力的青年作家、《创作评弹》编辑陈然来访，让人高兴的是，小英一起来了。陈然带我们到御膳房用餐，美美地吃了一顿。我们聊得很尽兴，很投缘，10点多才回来。

得到陈然赠送的短篇小说集《幸福的轮子》，是《21世纪文学之星丛书》2004年卷中的一本。

1月26日　星期二，阴

笑笑放假从武汉回，帮我从华中师范大学《文学教育》编辑部带了一本去年的第4期杂志。这期杂志上转载了我去年发在《天涯》第一期上的《日常物事的诗意》，并配发了席星荃先生写的评论《用童心和玄思酿造诗意——评吴昕孺的〈日常物事的诗意〉》。席先生是住在湖北襄樊的散文家，他的评论写得很认真，不仅解读而且提升了我的作品，谢谢他。

《诗刊》社徐丽松女士寄来大函，告知拙作十五行诗《送彭燕郊老师》收入由诗刊社、《诗探索》编选的《2009年度诗选》，算是对老师的一个小小告慰吧。

读完好友王国华的大著《你不知道的历史细节》。国华是有心之人，有心人才注重细节；国华是聪慧之人，聪慧者才关切历史；国华是性情之人，性情中人才会告诉你不知道的东西，与你分享阅读与思考的秘密。再加上国华的才气，文字那么活泼，他的文章要不喜欢都难。

2月3日　星期三，雨

第8届"茅盾文学奖"将进入作品征集阶段。日前，清华大学哲学教授肖鹰在媒体发表抨击文章，建议茅盾文学奖停奖整顿10年，给时间中国作家磨砺自己的思想之剑，以期待真正优秀的文学作品问世。肖鹰同志对文学"哀其不幸，怒其不争"的心情可以理解，但让茅盾奖停奖整顿显然不是上策。

其一，时下的文学问题除了文学本身的问题（主要关乎作家的水平以及努力程度），还有更多的因素，比如时代的商业特征、读者的价值取向、编辑的选稿趣味等等。文学不济，作家固然是第一责任人，但棍子全打在作家身上也是不公平的。任何选拔，本来都是以偏概全的事情，天知道，说不定有惊世骇俗的作品压根儿就不能问世呢！

其二，停奖整顿就能提高文学水平？只怕是天方夜谭。有茅盾奖的时候，大家不去磨砺自己的思想之剑；没这个奖了，还会纷纷磨砺那把剑吗？文学这玩意不像经济，喊一喊就搞上来了，或者奖金高，动力大，好作品就多。文学是个体创作，不是集体行动。可中国作协往往把这种个体行为圈成集体作业，产生好作品的难度就大了；然后，作协之外的大量写作者他们不管不顾，这些人的作品只能碰运气，靠中彩中签，产生好作品的难度就更大了。

其实，有没有茅盾奖对中国当代文学意义不大。有，不多；没有，不少。但有了之后再停下，实行这类休克式疗法，徒留笑柄，从哪个方面考虑都是有害无益。没有思想之剑，我们还有商业之饼嘛；没有世界级作家，我们还有民族作家嘛；没有第一流作品，我们可以制造畅销书嘛。人家玩人家的，我们玩我们的。茅奖不就是一个游戏吗？当然，这个游戏也可以玩得认真一点，如果要我提建议，我会说，参照诺奖，每年只评一本书如何？让中国当代的大作家们都来竞争，他在作品上下功夫也好，在评委上下功夫也好，反正只有一本，只要他功夫下到位了，无论是十年磨一剑，还是请评委吃十次饭，都成，我们都认。

叫停，多不好玩啊！

2月9日　星期二，雨

第108期的《晨报周刊》煞是好看。翻开就是一个故事：1月31日，在长沙打工的男孩肖放捡到一个包，他联系上了失主。可是跟失主见面时，埋伏在附近的十几名警察突然同时出现，控制了肖放和他的父亲。通过对比监控录像，确定肖放不是小偷。警察对肖放父子俩道歉，失主鞠躬致谢。这个小故事比一篇小说还要戏剧性。我不想说“趣味”这个词，生活中胜过小说的真实场景让人深感——这个失去信任的社会真他妈的无趣。

卷首语是龚晓跃先生的《真的，我们只是不想让他们骂没文化》。晓跃的文笔一向既灵巧，又泼辣，十足南方才子风范。第23页有篇文章，说红得发烫的电影《阿凡达》导演卡梅隆说，哈利路亚山原型是中国黄山。马上就有一位湖南张家界的土记者邓道理说卡梅隆“张冠黄戴”，哈利路亚山应该在张家界！有趣的是，张家界管委会迅速成立“阿凡达主题游综合事务办公室”，邓道理当上了阿办主任。5天后，张家界的核心景点之一乾坤柱易名为“哈利路亚山”，还发动20名美女导游联名给卡梅隆写信，欢迎他到张家界来拍续集。这篇文章透露出几个信息，一、卡梅隆没来过张家界，甚至他有可能没听说过张家界，那他拍出来的电影怎么会以张家界为原型呢？二、邓道理竟说卡梅隆“信口雌黄”“张冠黄戴”，如此没有修养、胡拼乱凑的张家界土记者、大名人，讲的是哪门子强盗“道理”？三、人家卡梅隆还没发话，纠正“错误”，这边阿办就成立了，导游就写信了。我看，阿办就是一皮条客，导游写信算什么行为呢？大家去想吧。邓道理这帮人（含导游），把美轮美奂的张家界给逼良为娼，他们才是张家界的天敌。当翻到第53页，看到号称“9岁开始博览群书，20岁时达到顶峰，往前往后各推300年，共600年都没人能超过我”的身高1米46、上海某超市收银员罗玉凤，征“毕业于清华或北大，经济学硕士，身高在1米76至1米83之间，无婚育史的帅气男生”时，你会由衷地发出感叹：这年头疯子真多，多到不疯的人都会发疯。我不知道，那前后各推300年是如何算出来的？是不是往前推到第300年时突然冒出一个高人让玉凤小姐自愧不如了？那这个人会是谁？往后推比较容易，都是虚的，为什么不索性推后3000年呢？还有，对象要在1米76至1米83之间，如此精确的数据是否存有优生学原理？我看了罗玉凤的照片，没敢看第二眼，我身高差得远，不做梦了。读完这样的奇闻，有时轻轻吁出一口气，看来真不需要去写劳什子小说了，也难怪小说会失去那么多读者，你挖空心思也敌不过罗玉凤的绣口半吐。终于到了“年度烂书榜”。我欣赏《晨报周刊》这一点。发布好书榜容易，因为讲几句好话容易，出“烂书榜”就真的需要良知和勇气。本年度烂书榜为《中国不高兴》（宋晓军等），《中国站起来》（摩罗），《中国大趋势：新社会的八大支柱》（[美]约翰·奈斯比特），《历史是个什么玩意儿》（袁腾飞），《问学：余秋雨与北大学生谈中国文化》（余秋雨），《奋斗乌托邦——奋斗2.0》（石康），《易经的奥秘》（曾仕强），《郎咸平说》（郎咸平）。还有，年度烂翻译：宋瑞芬、姜志辉。向王晓渔、潘采夫、涂志刚、袁复生、孟泽等评委致敬。

2月11日　星期四，阴

晚上去看电影《孔子》，比预想的要好。韩寒同学给了7分，我觉得可以给8分以上。首先，拍《孔子》、演孔子挑战性极大。以孔子在中国文化史上的地位，每个人心中都有一个自己的孔子，电影拍出来也注定会有各种仁智之见。我个人认为，这部《孔子》远胜过于丹女士对《论语》的快餐式解读，其优点如下：

一、演员好。周润发演孔子，周迅演南子，可以说是不二人选。

二、选材好。从孔子在中都宰任上取得治绩开始，他在极短时间内连升数级，从一介仅有贵族血统的平民直至代国相，创造了政界火箭升空的神话。但物极必反，接下来便是“累累若丧家之犬”的流亡生涯，又创造出了文化名人颠沛流离、遭遇困厄的惊天动地的纪录。孔子流亡列国的意义不亚于摩西率以色列人出埃及，以色列人长达40年的旷野漂流完成了一个民族的救赎——他们找到了耶和华这个神，从而把自己义无反顾地交给了神；而孔子14年的周游列国完成了一个伟大思想家的救赎——他的思想最终成为东方文化的主流思想，将一个文明古国打造成建立在人治基础上的礼仪之邦。

三、角度好。没有对孔子进行意识形态上的拔高，周润发高超的演技把孔子还原成一个人，一个儒学的创始者，而不是一个鼓吹“学而优则仕”的“大成至圣先师”。

四、对话好。我这里说的对话特指孔子与南子唱对手戏的那一段，两个智商超高者机锋相接，灵犀迸发，看得让人实在过瘾。即便智慧深厚如孔子，也未曾想到，他在那个年代的“知己之言”竟然出自一个名声不好而又美丽绝伦的女子之口。这对说出名句“唯女人与小人难养也”的孔子，实在是一个反讽。

电影的缺点也有几个：

一、周润发对孔子这一角色的把握相当有深度，遗憾的是，他说话时感觉有些像背诵《论语》的古译今，多处较为生硬。

二、窃以为，这部电影最大败笔是虚构的那一段老子与孔子的对话。老子与孔子本无直接师承关系，这一对话似有将儒学纳入道家范畴之嫌，过于武断。

三、孔子周游列国这一过程在电影中稍显概念化，缺乏应有的亮点，比如像匡人把孔子当作阳虎围捕这样著名的掌故是完全可以用进来的。

四、配角的戏仍感不够，主要是孔子弟子们的特点表现得比较单薄，像颜回，应是一个非常重要的人物，电影中也想着力表现他，但因剧本和演员的原因，效果一般。像曾参，孔子学说的直系传人，电影中看不到。

电影中孔子最后的那句话讲得好："理解我的，因为这本书；误解我的，也因为这本书。"它点到了问题的实质：常人能体会孔子的痛苦，但无法体会孔子在痛苦中所抵达的境界。伟大注定是孤独的。孔子死后，儒学分为八派，颜回是七十二弟子中最有希望传承孔子衣钵的，却不幸早逝，孔子因此哀恸万分。真正的"孔子思想"几乎因此失传。亚圣孟子是孔子的孙子子思的弟子，子思是孔鲤的儿子，孔子因周游列国、教育众多弟子，对儿子的教育抓得很少，于是孔鲤只好将子思交给孔子的弟子曾参做学生。曾参是曾点的儿子，父子俩都是孔门弟子，但曾参因年幼，进入师门时间很晚，天资较为鲁钝，曾子思想的精华是孝，它大大浓缩和删减了孔子，这使得孔子思想出现了一个断裂带。到西汉，在董仲舒糟糕至极的建议下，再度演变成作为国学的独尊一家的儒术。孔子本是开放性的、伟大的思想家，治诗治史治易，倡导六艺。到曾子、孟子，降低成一门成熟的、自成体系的儒学。到西汉，再降而成为统治阶级的超级工具——儒术。

残酷无情的历史真相是，两千五百年以来，几乎每一个朝代和年代都在误解而不是理解孔子。可以说，儒家的发展过程就是孔子不断被误解、被曲解的过程，以致其"有教无类"、"因材施教"、"循循善诱"的光辉教育思想，直到现在，依然只是纸上谈兵。

2月14日　星期日，晴

春晚历来是个争议话题。记得十年前，我在长沙电视台的《空中之友》报上写过一篇文章《春晚可以休矣》，时过境迁，年年岁岁人不同，岁岁年年春晚却雷打不动。不动自有不动的道理，春晚能坚持二十多年，长盛不衰，说明人民需要它，祖国需要它，春节需要它。

我是"倒春晚派"，却几乎年年都看了它。我不忌讳这个矛盾，因为我觉得春晚是一面镜子，是一幅浮世绘，是一本可以随意翻过去的书。从这个角度来说，它的存在也是有意义的。但更重要的是，我们能从这面镜子里看到什么？这幅浮世绘、这本书有着怎样的意趣？

如果春晚成为当代社会"假、大、空"的代表，那这面镜子让我们看到的也许是本原意义上的"年"，一头怪兽。

争议最大的问题是假。大家都知道，春晚以前假唱太多。去年，文化部办公厅发了一个通知《营业性演出管理条例实施细则》，第八条明确提到要"严厉打击假唱、假演奏行为"，但这个通知也给了一个台阶，主语是"商业性演出"。春晚算不算商业性演出？从意识形态上来说，它似乎是非商业性演出，所以也不售票；然而，它又脱不了巨额广告费的干系。如果这个界定含混不清，我们还是要把球踢给文化部，什么演出可以假唱、假演奏？或者更明确地说，春晚可不可以假唱？虎年春晚前夕，有媒体爆料，为了笼络人气演员，"导演组打算允许部分演员假唱"。昨晚，网友们至少对王菲的演唱进行了质疑。

冯巩的相声剧和郭冬临的小品都表现了同一个主题：不信任。的确，我们这个社会的不信任度已经到达极点。其实，并非没钱花而是不信任乃一个社会不幸福、不安定的根源。不信任的背后有两种现象，一是诚信缺失，二是互助减少。因此，私利当头，欺骗横行。

我知道，春晚允许假唱不是存心欺骗观众，他们是为了“完美”，是怕“出错”。所以，这种“完美”中充满了水分，是一种典型的“假完美”。类似于为了让GDP完美达标，指标数字要造假；为了完美评上文明城市，卫生治安人口要造假；为了办成历史上最完美的奥运会开幕式，林妙可的演唱也要造假……林妙可这次也上了春晚，长得那么清纯的一个女孩，唱得即便稍微差点儿，全球人民都会喜欢她的，我就想不通，为什么一定要她假唱？与之形成鲜明对比的是，春晚之前的温哥华冬奥会开幕式，点火机械出现了故障，组委会赶紧承认，其实这丝毫不影响观众对冬奥会开幕式的欣赏与喜爱。

春晚也是这样，每年长达4个小时的节目，一点都不出错，完美得毫无道理，完美得一点也不可爱，完美得像是一朵几可乱真的塑料花。

我想，人们不是不喜欢春晚，而是不喜欢现在这样的春晚——不喜欢假唱的春晚，而是喜欢哪怕走点调、哑着嗓子，歌手向听众致歉的春晚；不喜欢仅仅形式多样化的春晚，而是喜欢心态多样化、姿态多样化、神态多样化的春晚；不喜欢围着主旋律打圈圈、强行煽情的春晚，而是喜欢更为轻松活泼、新颖别致、赏心悦目的春晚；不喜欢每年都是赵本山、黄宏、郭达、巩汉林等几个老头表演的春晚，而是喜欢有更多刘谦、小虎队那样生龙活虎的春晚……

3月2日　星期二，雨

前日，温家宝总理在网上与网民进行交流，保证任期内使房价处于一个合理的价位，让无数蜗居者热泪盈眶。然而，感动归感动，现实却是残酷的，抹干热泪，发现外面广厦千万间，大庇天下富人俱欢颜。原来，总理的保证并不是房子，语言的温暖也不能抵消现实的寒凉。

窃以为，总理的保证多了一点感性，少了一些理性。因为这个保证实在是太空洞了，属于一张不知何时兑现、能否兑现的空头支票。保证房价处于一个合理价位，那么合理价位究竟是什么样的价位？现在的价位属于合理价位吗？

房价暴涨的这几年，政府所谓抑制房价的政策几乎无一奏效，如果要说有效，那就是有效地让房价越“抑”越高。经济适用房已成为一个过时的概念，廉租房杯水车薪，地价越来越贵，政府职能部门为了GDP增长，还为了自己的小集团利益，捂住房产的大蛋糕不放，房价如何能回归“合理价位”？

中国现在最重要的是改变发展模式，由过于追求GDP转变为促进社会的整体成长，由强国转变为富民，由羊毛出在羊身上转变为还毛给羊，还利于民。民不富，国焉能强？好比皮之不存，毛将焉附！中国目前人均GDP在3000美元左右，这是一个在上升通道中社会问题不断涌现的阶段：有钱了，腐败自然产生；受教育程度高了，失业率自然增加（都想往好单位去）；机制改革了，贫富悬殊自然拉大……

再比如教育，总理说要减轻学生负担。高考制度不改革，怎么能减轻学生负担？教育部发了那么多减负文件，学生负担现在减轻了多少？就像房价越“抑”越高一样，学生负担也是越“减”越重。问题在哪里？一、职能部门不作为；二、既得利益阶层固守权位，呼风唤雨；三、改革的整体推进出现瓶颈，尤其是教育。

总理说大学将不设行政级别，这个方向是非常对的。但大学要不要“党委书记”？如果设党委书记，就不可能不挂靠行政级别。中国目前状况下，大学不设党委书记又不太可能，怎么办？首先应该进行高校体制的改革，绝大部分高校应引进民间资本，进行股份制改革，中国应出现更多的私立高校和股份制高校。高校如果没有独立精神，至少中国的社会科学就不会有学术成果。

但这一切都不见影子，谈何合理价位，谈何淡化行政？

总理啊，要解决这一系列问题，不仅需要柔情，更需要决断；不仅需要拳拳婆心，更需要金刚怒目。这届政府处在中国发展无比重要的十字路口，我恳请您拿出刚毅坚卓的勇气，挑断传统行政领域的惯性与懒筋，向固守既得利益的小集团开战。只有更多粗野蛮横的“不合理”在这个时代消失，我们才能看到更多“合理”的窈窕身影。

3月3日　星期三，雨

两会要开了，天下又热闹起来，因为会有很多新鲜事出炉。比如，全国政协委员、重庆陶然居饮食文化(集团)有限公司总裁严琦表示，将在今年全国两会期间，提交关于关闭社会网吧的提案。那边厢，政协委员张晓梅在自己的微博中透露：“委员报到时每人领到一部新电脑，和去年不同的是，今年电脑用完后不用再归还，这要实际得多。”

委员开会，喜滋滋地提了电脑回去，甜蜜蜜地作撒娇状：“这要实际得多。”好多小二、小三们，如蚁附膻，图的也是那一份实际啊。

自己有了点火的东西，严琦同学便高喊，要关闭全社会的网吧。那家伙，是社会顽疾，要下猛药。社会管理如此不力，政协委员不从病根上找原因，反而因流塞源，因噎废食，不成“社会顽疾”才怪。

遍布全国的网吧是社会不公的校正机，是官场腐败的监控器，是民意民情的传声筒。老百姓喜欢，所以网民日益增多。但总有人不那么喜欢，甚至害怕。害怕一不小心电脑被黑，性爱日记传到网上，害怕一不留神自己的造假经历公之于众，害怕一着不慎把单位财务账单泄露了出去……其实，委员们，有点怕总是好事，比无法无天要好得多。以后事实会证明这一点。

委员们，你们可以放火，请留给百姓点灯的权利！这才是一个黑暗无法遁形的时代，这才是一个明丽的时代。哪怕纳税人要为你们这次“实际”付出一千万元采购费，我们也认了，谁要你们是委员呢？谁要我们不是委员呢？

3月5日　星期五，雨

刘羊寄来《二里半》诗刊创刊号。“二里半”是长沙市河西一个地名，从湖南师范大学老校门口走到溁湾镇广场，距离是二里半，师大老校门那一带因此得名。师大学子们对“二里半”这个地名都非常熟悉，我自己一些作品里也经常提到。刘羊，本名刘建海，湖南师范大学黑蚂蚁诗社创始人暨首任社长，他对“二里半”情有独钟，命之以刊名便顺理成章。

我喜欢这本杂志代序的那首诗《二里半，或者我们其实不知所踪》，我不知道作者是谁，写得挺好：“你知道么，我们距离真相 / 永远还有二里半。”

3月12日　星期五，晴

复生要我为《晨报周刊》的读者写出五个我认为长沙比较别致的地方。我写的如下：

中南大学南边的桃花岭，林木葳蕤，民风淳朴，咫尺之间，闹静迥然，恍如隔世。从中南大学校门口乘中巴可到。

双拥路北边的浏阳河岸，距闹市近，却又一派纯然的乡村野趣，常有白鹭掠过水面，每每仅见一只，孤独得让人心疼。坐无数条公交车到九尾冲下，穿过陡岭路即到。

长沙大学校园内，山水相宜，月湖镜像与大学人文匹配无双。若无伴同游，随处所见帅哥靓女，均可会心一笑。坐若干公交车到长沙大学校门口。

榔梨镇陶公庙，千年古刹，说庙，其实乃一道教胜地，里面的古樟和古银杏令人肃然起敬，因为它们见过的世面比我们多得多。汽车东站乘中巴可达。

开福区二马路、三角塘和油铺街一带，遗留着长沙的老街老巷、市井市风，何况还有基督、天主二教堂，于喧嚣中添一份静穆的庄严。不问道路，随心可至。

3月16日　星期二，多云

8天前，诗人张枣逝世。孤陋寡闻的我昨天才知道。我和张枣没有联系过，但我喜欢他的诗。只记得，好多年前，在美国的《一行》还是《新大陆》诗刊上，我们一起发过作品。张枣是我的校友，1983年毕业于湖南师范大学英语系，他毕业后两年我才进校；后因考入四川外语学院读研究生，诗歌活动也主要在四川，所以很多人以为张枣是四川人，其实他是地道的长沙人。

张枣的名气很大，据说是北岛最欣赏的诗人。不过，张枣的才气完全抵得上他的名气。或者说，他的名气应该更大。他的诗歌典雅深致，传承风骚，别开生面。这么好的诗人，被肺癌夺去了英年，令人扼腕。

3月19日　星期五，晴

欧阳白将《2009诗屋年选》的稿件发给我。我通读了一遍，感觉年选水平一年比一年高，诗屋的品牌也是逐年看涨。

童翠萍寄来中国阅读学研究会会刊《悦读时代》今年第1期，也是创刊周年纪念专刊，刊发了我为陈家萍大著《惊鸿伤影》写的序——《她是一枚无花果》。文前有一张家萍的照片。我和家萍交往多年，才第一次见到她的照片，看上去很知性，兼具老师的端庄和作家的敏慧。

3月22日　星期一，多云

上周六，今年第一次陪戴海老师爬山。为了把时间弄得充裕些，9点就到了。这次不仅是例行的登山活动，还兼为这对神仙眷侣饯行。刘老师刚吃了70岁的生日饭，戴老师决定带老伴进行一次蜜月旅行，以示纪念。去哪里呢？不是“烟花三月下扬州”吗？他们选择了扬州。我想，二十四桥的明月也已经做好了准备。

随后登山，老师说，带你去见一个人。我知道他又有新发现。果然他把我带到了陈明仁将军的墓前。他说，他去年夏天在贵阳小住时，听新闻说，陈明仁的后人将陈明仁将军的骨灰从八宝山取出来，送到岳麓山和他夫人一起会合。老师从贵阳回来后就问到了这里。这个墓本是陈明仁安葬夫人谢芳如女士的。墓庐正中的碑上刻着将军的手书：“吾妻谢芳如之墓。”字写得有力，话说得也很直白，颇有武将之风。

回到景德村，老师做饭，我读他最近写的日记，境界又有提升，却犹恨读书不够、思考不勤。听老师一席话，真始知生也有涯，而学海无边。他转送给我一句某名人的话，大意是“不要着意增加你的生命时间，而要让你的时间富有生命气息”。他告诉我前几年他的一个故事：一日他因事外出，在师大校门口，遇全国声名赫赫的某博导。博导喊住他，问：你还看得见我不？老师上前一步，双目直视，说了三个字：看不见。说毕掉头而去。

我想，这就是一种生命气息。

3 月 24 日　星期三，晴

昨日早晨 7 点 20 分，一个叫郑民生的中年男子手持砍刀，连续砍向 13 名小学生……据说，事因有二,一是郑在单位与领导有矛盾，领导经常为难他、羞辱他；二是感情不顺，婚恋多次失败，心态扭曲，遂生报复杀人之心。

8 个孩子死了，5 个受伤，还有更多目击的孩子以及受到惊吓的孩子，心理上的创伤不知何时才能平复。看上去这是一次偶然事件。问题是，这种偶然时有发生，足以使我们警醒。现在社会分化严重，人与人之间的关系发生着急剧变化，如何关注、关心弱势群体，如何让每一个人都不被遗忘，政府和社会应该想更多的办法。

“报复”，是因怨构仇。那些长期被不屑、鄙弃、羞辱的东西，比如富不屑的贫，比如贵鄙弃的贱，比如好羞辱的坏，它们始终在我们身边。它们永远也不会消失；怕就怕，突然有一天，它们以一种毁灭性的方式来标志它们的存在。因为他们实在被不屑得恼羞成怒了，实在被鄙弃得自暴自弃了，实在被羞辱得无地自容了。这时候，他们身边任何东西都可以成为毁灭的目标。

还有一点。死伤的孩子都是南平实验小学的学生。时间是 7 点 20 分。这个时间街上几无行人，只有赶着上学的学生。上来救护孩子的是与孩子同样早起的环卫工人刘瑞英。我想，如果孩子 8 点来上课，情况可能就不是这样的了。联想起，我有时加班很晚回家，一起在公交站等车的也只有一些身穿校服的学生。如果有个凶手想在此刻作案，孩子依然是最大的目标——他们人多，没有防护能力，却又总在最不应该出现的时间出现。

3 月 26 日　星期五，晴

诗人姜红伟从邮箱发给我《80 年代大学生诗歌选集备忘录》和《80 年代大学生校园诗坛风云人物备忘录》的定稿。我认真学习了，蒙红伟兄抬爱，书中多次提到我的名字。

其实那个时候，我没有多少“风云”可备忘，但那个年代的确让人难以忘怀。诗歌成为我一生永远的情结，我想，就是 80 年代赐予的。诗歌在中国再要呈现那样风光的场面，几乎不太可能了，因为那或许也不是正常的社会形态。

3 月 29 日　星期一，多云

《文学与人生》杂志第 3 期发表了我的小说《窃》。这本杂志最可贵的是有一种民间精神。本期还有多位老朋友的作品，如“新势力”专栏是佛山作家李家淳的《蚂蚁》，“散笔”中有陈元武的《金属》和宋长征的《一块砖老了》，“评谭”有刘艳琴的《对当前文学现状的历史性思考》。

80 后诗人一冰从深圳给我寄来 3 月 15 日的《深圳晚报》，“阅读周刊”刊发了拙作《那些忧伤其实是无边的幸福》，为赵瑜的《小忧伤》所写的评论。赵瑜的《小忧伤》重印，蒙书商们抬爱，拙评也被先后刊发在好几家报刊和网站，如《青年时报》《劳动报》《深圳商报》等，但无一收到过样报。谢谢一冰这样有心的朋友，他现在深圳一所学校教书。

3 月 30 日　星期二，晴

《潇湘晨报》113 期的主题是低碳。说低碳之前，我要先说一篇文章，《新京报》记者孔璞在专栏“传媒一线”写的《杀戮之前，什么样的困境和懦弱导致他精神崩溃？》，主角自然是南平杀害 8 名小学生的凶手郑民生。孔璞到了南平，她详细了解了郑民生的情况。郑民生的邻居说："现在说这些有什么用，反正也帮不了他。我只告诉你他是好人。"这个在网上被称作"恶魔""刽子手"的外科大夫其实还很喜欢孩子，他经常骑电动车带着孩子们出去玩。但生活和感情的困境压垮了他——一个老实得有些懦弱的人。当他的意志完全崩溃时，他选择了实验小学的学生——当地人说，那里的孩子出身非富即贵。

我也和孔璞一样，无意于为郑民生开脱，但如果我们不去了解一个悲剧的真相和原因，类似的悲剧也许会再次发生。我想，如果让一个"好人"走上犯罪道路，社会应该反省和检讨属于它的那部分责任。我们都是社会的一分子，我们都在内。就像时下流行的低碳，我们人人有份。但我们同样要知道，就在很大一部分人追求低碳生活的时候，还有很大一部分人在努力摆脱自己身上的重负和高压。如果这部分人的努力得不到回报，对低碳的追求就会受到高压的威胁，就像南平实验小学被伤害的那十多个孩子。

从汶川剧烈的地震到云南疯狂的干旱，大自然在明白无误地告诉我们，它开始行动了。哥本哈根见证了人类的内讧，而越来越大的城市与越来越大的荒漠互相竞奔，答案是不可更改的：城市的胳膊无论如何拗不过沙漠的大腿。沙尘暴早已不是北方的专利。如果一切来得及，低碳生活固然重要，最重要的恐怕是人类共同选择的发展方向——目前看来，人类选择的正好是毁灭的方向。黄色、白色、黑色、棕色的我们，何时才能回头？

我担心的是，即便地球上所有人的生活都符合低碳的标准，地球在权力、资源和思想、文化的争夺中，仍将会处于郑民生式的崩溃之中。个人悲剧也许可以最大限度地摆脱，人类的悲剧却不可避免！

4月7日　星期三，雨

《诗选刊》上半月版第3期是对2009年的一个总结。选了我发在《绿风》诗刊去年第6期的《怀人十五行》三首。该刊2009年年度最佳诗歌奖为李琦和雷平阳获得，先锋诗歌奖授予零落香和朱雀二人。

4月12日　星期一，雨

《读书》第4期有王彬彬的《漫议顾彬》。顾彬是德国汉学家，大约三年前他“炮轰”中国当代文学引起国内巨大争议。我当时也写了文章表示赞同顾彬的意见。顾彬批评的大意是，中国当代诗歌“世界一流”，小说则是垃圾，原因在于中国当代小说的“中文不好”，语言很差。

我不觉得中国当代诗歌已到了世界一流，读聂鲁达，读埃利蒂斯，读里尔克，读米沃什，读阿米亥，总感到汉语新诗缺少一些东西，不硬扎，不厚实。但因为诗歌在当代中国不入市，始终处于商业社会的边缘地带，所以，诗歌基本保持了一种很好的东西：纯净。中国当代小说就很难做到。中国小说有好题材，没有好的语言；有好故事，没有好的结构；有好背景，没有好的想象。而诗歌呢，好诗不少，却没有大诗人，没有一位旷日持久地保持高水平和探索精神的诗人。但假以时日，中国也许仍然是一个诗歌的国度。

我个人认为，中国最垃圾的是散文，“不想事”的散文太多了，也就是王彬彬所说的“水龙头文字”太多了，我称之为口水文字、白开水文字。偏偏中国散文数量特别大，散文操作手特别多，真像一个文字垃圾站。当然话又说回来，垃圾里面也埋着金子。中国一些拾荒者可以靠垃圾站维生，甚至靠垃圾站发财呢。所以，多几个垃圾站不是坏事，至少垃圾集中，外面就要干净清洁些。

4 月 13 日　星期二，雨

直到昨晚之前，我一直不知道“微博”的含义，也没有不耻下问过。读新一期《晨报周刊》的策划《微势力》，略窥其门道，微博大约就是能上手机的博客，所以传播更广。

看了这个策划之后，我想，我是永远不会注册微博的。不是我瞧不起它，而是我用不着它。我不仅不想把“自己”传播得那么广，反而我觉得这是一种近乎可怕的事情——微博绝对可以把一个人撕成碎片，把一个人的时光撕成碎片。我不想穿着那件时光的碎衣服，露出自己的鸡胸和腿毛。一个人，或者一个人的生活，应该是“广博”而不是“微博”。

4 月 21 日　星期三，雨

陈蒲清老师来访。这么大的雨，75 岁的老人从河西跑过来看我们，真不简单。陈老师刚主编完 8 卷本近四百万字的《陶澍全集》，我们就说起陶澍这个人。

陶澍曾任两江总督，兼管两淮盐政。“睁开眼睛看世界第一人”魏源就是他的幕僚。陈老师说，陶澍看中魏源的才华，养着他，不要他起草公文，不要他写会议报告，不要他写汇报材料，让他全心全意做学问。

由陶澍一手提拔上来的人，可以组成清末最强大的干部阵容：林则徐、胡林翼、左宗棠、李星沅，曾国藩虽不是陶澍直接提拔的，但受陶澍影响很深。历史学家萧一山曾说：“不有陶澍之提拔，则湖南人才不能蔚起。”倘若当时湖南人才不能蔚起，中国会是个什么样子，就很难说了。

陶澍的不凡还在于，他锐意改革盐政，是第一个突破清代政治经济体系，率先引入商品经济运行机制的改革家。所以，他是中国近代史发端的里程碑式人物。

我劝陈老师顺势写一本《陶澍传》。陈老师说，他正在准备，但担心出版社会亏本。我说，不见得会亏，何况，亏本也应该出啊。中国历史上能有几个这样的人物呢。

4月27日　星期二，晴

5月1日，上海世博会将开幕。继北京奥运会之后，上海又将成为世界的焦点。我不太懂得“世博会”的含义和重要性，好像是在一个方圆五公里的地方各个国家建馆宣传自己的经济与文化，据说中国国家馆远看像一个码好了的“自动麻将机”。若果真如此，设计者应获大奖，因为他深谙中国文化的精髓。

世博会将世界的眼光投向中国，将中国的眼光引向世界。当然，这些眼光都是“含金量”很高的眼光。这些放眼世界的眼光还会回来吗？也许，世博会能给予中国足够的虚荣和实利，但愿它还能带来真正的世界文化和全球视野。毕竟，世博会不是世界。

新一期《晨报周刊》有篇好文章《开黑车的好人》。我一年难得打几次的士，一般情况下坐公交车或者步行。有时遇上紧急情况，却满大街找不到的士，这时黑车就来救场。我看过好几次电视新闻，主持人都说不要坐黑车，这样会助长黑车蔓延。我想，该主持人大概自己有私车，没有经历过打不到的士的难处。我坐过好几次黑车，觉得黑车有三大优点：一是挺身而出，救人于急难之中；二是身份问题让黑车既低调又热情；三是黑车一般不漫天要价，大多数时候还能比的士稍便宜。有了这三点，我觉得“黑车”不黑，下雨或上下班时打不到的士，那才叫一抹黑。

4月14日，广州华南理工大学学术交流中心门口，一位林先生组织“倡导心灵富豪，拒绝心灵垃圾”的活动，一群学者教授撕碎并烧毁他们认为会污染人心灵的垃圾书。林先生烧的第一本书是郭敬明的《梦里花落知多少》，理由是抄袭太多，是一本伪书。

焚书真是一件可怕的事。历史上最大的焚书事件是秦始皇和德国纳粹干出来的。林先生大概把自己当知识分子，知识分子焚书，不外乎烧把火炒作自己。他们的心灵早已被名利污染成重灾区。一个“知识分子”愚昧到了焚书的程度，如果再来一次“文革”，能设想他们会成为什么人吗？中国出版界连学者教授们那些“天下文章一统抄”的论文专著都能容忍，难道不能容忍几本不痛不痒的畅销书？我看，郭敬明的书抄得再厉害，也比专家教授们那些开中药铺、喝白开水的书要好得多。一个国家，像林先生这样的知识分子多了，即使每年主办奥运会和世博会，都无可救药。

5月5日　星期三，雨

今年的《美文》杂志连载了阎纲的《我是文坛30后》。这是我唯一有兴趣读完的长篇散文，它本身是一种纪实。如果散文缺乏内在的深度，那就不如纪实来得真诚。

阎纲写著名画家吴冠中。他们同住北京方庄古园。我一看这地名很亲切，想起来，原来成幼殊老师也住在这里，我们通信时，我寄的就是这个地址。有一次，阎纲散步时碰上吴冠中，谈到文联。吴冠中说：“文联早该撤销，文联各协会也该撤，包括作协！”接下来，他由鄙夷变为严肃，说：“我不知道他们都干些什么，一个群众团体封那么多官干什么！”

阎纲写1998年10月7日，朱镕基总理视察中央电视台“焦点访谈”工作室，他说：“我不但喜欢‘焦点访谈’，更喜欢‘焦点访谈'现象。"并破例提笔，写下赠言。在"焦点访谈"工作室，白岩松等主持人问朱总理："正面报道多少合适？98%还是99%？"总理绝非玩笑地说："有51%的控股就可以了！"

5月11日　星期二，晴

前不久，超女歌手李宇春获得四川青年五四奖章，引起网上激烈争论，大部分网民持反对态度。无独有偶，在刚刚公示的"沈阳五一劳动奖章获得者名单"中，沈鹤先生悄然在列。说沈鹤，天下没几个人知道他是谁；要是说"小沈阳"，则地球人都知道他是谁。

据某报调查结果，20%的被调查者认为小沈阳当选劳模"实至名归"，6%中立，高达74%的人"强烈反对"。反对的理由是："劳模具有正面教育和示范作用，应是人民的榜样。小沈阳的榜样作用在哪里？"

我听不懂李宇春的歌，她的边跳边唱常常被我理解为"边走边读"。我也喜欢边走边读，但我的边走边读就是我一个人的事，而李宇春的边走边读引得万人空巷，尖叫喧天。这样的人不当劳模，谁当呢？

我不喜欢小沈阳。但我不得不承认，那家伙多才多艺，唱得跳得说得哄得煽得拍得装得，聪明过人又傻不拉叽，热情奔放且花样百出……他每一次表演都很卖力，把自己弄得疯疯癫癫，给无数"粉丝"带来欢乐。这样的人不当劳模，谁当呢？

我觉得他们是有"正面教育"意义和"示范作用"的。他们现在有钱了，钱可能还不少，但不是偷扒抢劫而来，不是贪污受贿而来，靠自己的技艺和实力赚钱，这样的人不当劳模，谁当呢？

难道所有劳模都必须是穷光蛋？难道所有劳模必得出自工

厂、车间或者马路上？拥有亿万粉丝的文艺明星都不能算“人民的榜样”，不是变相批判那亿万粉丝都是人渣吗？

白手起家，刻苦训练，不怕困难，抓住机遇，脱颖而出，知恩图报，这难道不是小沈阳和李宇春的榜样作用？

我相信，中国八成以上家长，如果自己的孩子有幸成为李宇春和小沈阳，他们会喜不自胜，会高兴得几晚上睡不着觉，会对着木菩萨“谢天谢地”“谢谢 CCTV”。但眼看人家大红大紫了，要当劳模了，便嗤之以鼻。这一种典型的中国式虚伪，不止于酸葡萄心理，还大有“木秀于林，风必摧之”之势。

孔子在《论语》中提及一类人：“言不顾行，行不顾言……阉然媚于世也者，是乡愿也。”乡愿的可怕之处在哪里呢？他继续说：“非之无举也，刺之无刺也。同乎流俗，合乎污也。居之似忠信，行之似廉洁。众皆悦之，自以为是，而不可与入尧舜之道，故曰：德之贼也。”

连孔夫子这样的敦厚长者出语都如此激烈，乡愿之“贼”可见一斑。儒家倡导中庸，狂狷次之。偏偏中国中庸者少，狂狷者更少，孔夫子认为最可怕的“乡愿”却多如牛毛。李宇春和小沈阳无疑是这个时代备受争议的人物，你可以不喜欢他们的风格，但看不惯、瞧不起他们劳动的那些人，非乡愿其何如！

至于李宇春的中性味、小沈阳的女性化，那是娱乐表演取悦于人的需要，是他们各自在舞台上的“核心竞争力”。我个人认为，如果李宇春和小沈阳成为劳模，不是花钱买的名额，那是一件非常可喜的事情。因为其一，即便是领导意志，说明领导在追求劳模的多元化构成，这也是一缕民主政治的曙光；其二，倘若是民众投票，说明评选劳模的主办机构（政府）对民意的尊重。于国于民，只有好处没有坏处。

遗憾的是，中国人那么喜欢“正面”、看重“正面”，却不懂得欣赏背面和侧面的美。所以，从古至今，很多中国人都是这样的平面人——单调、寡趣、刻薄，一点也不可爱。

5月25日 星期二，晴

昨晚，鞠晨曦请我去跟湖南涉外学院的学子们讲讲诗歌。我讲的题目是：《诗歌是生活的睡美人》。我希望同学们首先热爱生活，一个不热爱生活的人去侍弄劳什子诗歌只会适得其反。诗人是自杀率相当高的一个群体，但在古代，鲜有诗人自杀的个案。李白、杜甫、苏东坡、薛涛、李清照，这些大诗人人生际遇并不好，杜甫写李白：“世人皆欲杀，吾意独怜才。”大诗人落魄如斯，仍心红志坚，有机会就上，没有机会创造机会也要上。如今呢？没钱跳楼，恋爱谈不成跳楼，听到一句羞辱的话也跳楼……

人有病，天知否？我问过好多次了，无须再问，答案是没有的。窗外阳光高照，水灾、旱灾、地震、列车脱轨、手口足病高发……天与人一起患病，无论自然还是社会，都是一间间大病房、大诊所，谁能健康而安全地活着？健康也许自己可以负责，但安全无论如何必须协力同心，那么现在，我们就先不谈幸福那近乎虚拟的玩意了。

6月1日 星期二，阴雨

晨曦在电话中兴奋地告诉我，他今天上了一堂课，专门讲我的诗歌，讲得兴起，还拖了堂。我说，我很想去旁听的。他就讲了一些他对我诗歌的理解，以及他是如何在课堂上讲解《瘦》这首诗的。他罗列“瘦”可以呈现的几种情状，并问我当初写这首诗的起因。

大概是2006年底，我们大学同学聚会，几位多年未见的女同学说我比以前更瘦了。平时说我瘦的人很多，也没什么触动，女同学的话效果的确不一般，我记得，我当时的回答就是诗一样的句子，回到家里几乎一气呵成。《瘦》这首诗是用我自己生活中的一些具象，如眼镜、脸、书架、黑色衣服等，来反映我性情中某种抽象的东西，比如骨气、清高以及对自我价值的期许。在某种程度上，它是一首励志诗。

晨曦说，他感觉到我诗歌作品的三个特点，一是生活的幽默，一是语言的刀锋，一是现实的关注。拿他的话说，就是冷不丁对现实生活踢上一脚。应该说，这是我十分认同的好诗标准，是我追求的创作目标。只是目前离这些标准还有不小的差距。我欣赏并采取的写作态度是：慢。

慢慢写吧。坚持，就是快乐。感谢晨曦兄。感谢涉外学院的同学们。

6 月 18 日　星期五，晴

昨天，欧阳白开着三菱吉普，我们一起开赴汨罗八景乡，拜会韩少功老师。上次去韩老师家还是 2006 年 7 月底，一晃 4 年了。同行者也是欧阳兄，回来后的 7 月 30 日晚，我写了一首诗《和欧阳兄赴汨罗梓园》，收入诗集《穿着雨衣的拐角》中。这次去，我特意带上诗集，按《和欧阳兄赴汨罗梓园》一行行走完，就到了韩老师家。一进门，我将那首诗拿给韩老师看，他哈哈大笑，觉得很有味。

但毕竟 4 年未去，出乎意料的是，上到兰家洞水库大堤，竟迷了路。本来路走对了，我觉得没那么远，要欧阳白掉头，换一条路，结果上到山顶，得以俯瞰水库全景，真个是美不胜收。只是苦了欧阳白，在狭窄的山道上再次掉头，大秀了一把车技。

梓园更加林木葳蕤，浓阴匝地。韩老师半月前刚来，师母回长沙娘家了。我们杂七杂八聊着天，一片清凉。正好八景学校在筹备明天的中考，中餐便去学校吃，很是热闹。看见了老熟人兰老师，结识了新朋友郑叶新乡长——气质好、素质高的美女乡长，对全乡如数家珍。她在席间和我谈到对八景环境的保护，而不是急于开发，让我甚为激赏。乡镇和村一级干部素质提高了，中国农村或许会重现生机。

6月22日　星期二，阴

上周四，和欧阳白去汨罗韩少功老师家，白兄送了一本《诗屋2009年度诗选》给他，我那天也是第一次看到这本书。昨天，收到韩老师发来的邮件：

"读了你的诗，很喜欢。给儿子的最后那句，爸爸一冒出水面你就要把爸爸钓起来，又有趣又动人。欧阳白也是功不可没，诗集编得好。中宣部应该给他发奖杯才对。老韩。"

韩老师说的是白兄在书中选的一组拙作《给儿子的十五行诗》。诗屋年选越编水准越高，这次入选的安琪、解、李少君、雷平阳、李发模、洛夫、马永波、娜仁琪琪格、潘洗尘、欧阳白、秦巴子、郑玲、周瑟瑟等的诗歌都十分精彩。

欧阳白的序写得好，标题是《好诗主义与旗袍》。他说："'好诗主义'真的会流行起来吗？我可以不经思索，就直接给出答案，'好诗主义'在任何一截时间段都不会流行，正如多年前一个流行的话题：'旗袍会流行吗？'现在我们可以回答这个连续提出多年的问题，旗袍根本就不会流行，它注定只是少数人喜爱和重大庄重场合的盛装，其余人在其余时间还是喜欢穿休闲装。"

诗屋提倡"好诗主义"是想让诗歌创作从狭小走向广阔，让诗歌呈现表达与审美的多种可能性。但现在看来，真正的好诗、好的文学作品也许永远是小众的，就像旗袍一样。

6月24日　星期四，雨

昨天上午，《晨报周刊》两位记者张云和李林冬来我办公室，他们要做一个有关“书信”的专题策划，问我一些有关书信的故事。我大约是十岁那年写的第一封书信，写给住在老家对面村庄的表姐，劝她不要和一个“小阿飞”谈恋爱。这个故事我写进了长篇散文或者短篇小说《疯子》中。表姐当然没有听我的，她和那个“小阿飞”结婚后生了两个孩子，目前生活得很不错。

我的书信对象大约有三种人：一是文坛师友，一是读者，一是我资助上学的女孩。很多信我保存至今，通信最多的师友有涂静怡、戴海、左郁文、韩少功、薛忆沩、彭钢、于沙等。前晚翻检这些信件，竟然还发现我担任《大学时代》执行主编时，作家梁晓声给我的来信，推荐他学生的稿件，信写得十分恳切，可以想见其为人的厚道。

我留存的信件，除与台湾文友的手写通信持续至今外，其余一概到2003年为止。也就是说，从2003年开始，就主要使用电子邮件了。手写书信的时代很可能一去不复返。

以前没有报刊，更没有广电网络，传播基本上只有两种媒体：公告和私信。公告是大众传媒，贴在墙上及其他敞亮处；私信是小众传媒，大多在两人间往返。过去人们很看重信件，“家书抵万金”，手写书信负载着通信双方的海量信息，永为电子邮件所不及。

7月6日　星期二，阴雨

北京书友李黎明向我隆重推荐野夫的《尘世 · 挽歌》，新星出版社出版。我买来，一读辄陶醉其中。我说“陶醉”这个词对野夫和他的书可能有点残忍。野夫的千钧文字乃血汗铸就、性情陶冶而成，几乎是用命换来的，是用他家族中无数条人命换来的。这样的珠玑说是价值连城都不为过。

7月11日　星期日，晴

80后作家兼赛车手兼公共知识分子韩寒主编杂志，当然算得上一桩新闻。以韩寒的影响力，《独唱团》足可变成集结号，比南非世界杯的祖拉还吹得呜呜直响。这不，《独唱团》创刊号限量发行，据说湖南地区只能拿到1000本。而杂志封底条纹码上标注着："湖南地区发行，定价16元。"在纯文学杂志中，这个价钱高居人上，似乎包含了韩寒飙涨的人气。

《独唱团》创刊号差强人意。一头一尾最好。头条，周云蓬的《绿皮火车》显示出与他唱歌作词相匹配的才华。尾声，韩寒自己的大作《我想和这个世界谈谈》表明，这小子已经有资格和这个世界好生谈谈。不是谁都可以和这个世界谈的，那得有范儿。这范儿，韩寒有了。三十而立，他就立了这个。有的日进斗金，有的平步青云，有的东邪西毒，都未见得有这范儿。这范儿的标准是：一、长身玉立；二、特立独行；三、洞明世事；四、一呼百应。这四样，韩寒俱足。独唱成团，便不是怪事。

《独唱团》出来，我生怕看到的不是韩寒，而是郭敬明。还好，看到一点郭敬明的影子，但擦亮眼睛，仔细一看，终究是韩寒。这里面很少有传统的知名作家，大多是年轻俊彦的集结，有两三位老者或准老者，如林少华、欧阳应霁、石康等，文章都不够好。年轻高手如咪蒙《好疼的金圣叹》、火蜥《幸福村》、罗永浩《秋菊男的故事》，让人惊艳。最年幼的王子乔，看照片不过一懵懂小鬼，他的大作不是惊艳，而是惊世骇俗，全文如下："谁也没有看见过风，不用说我和你了。但是纸币在飘的时候，我们知道风在算钱。”

《独唱团》创刊号问世前，韩寒表态“郭敬明算年轻人的楷模”，还向梨花派诗人致歉。为韩寒日渐成熟而欣慰的同时，不禁亦捏把汗：在中国社会，成熟往往不是好词。《独唱团》是不是个好词呢？我以为，暂时是个中性词。中性词未见得不好，它保持了多种可能性。

7 月 13 日　星期二，阴

韩寒创办的《独唱团》杂志出了创刊号，复生托同事带了一本给我。《独唱团》由山西出版集团书海出版社出版，严格意义上说，是一本以书号代刊号的杂志，略显违规。但刊物处理也很巧妙，不叫“第一期”，而称“第一辑”，算是打了一个擦边球，得分。

《晨报周刊》第 128 期，复生做了一个有关《独唱团》的策划，《〈独唱团〉试用报告》，选发了拙作《〈独唱团〉是个中性词》，另有何立伟、谢宗玉、邹容、守备三师等的高见。

江冬送来他编辑的《发现阅读 · 欢乐课堂》初中生卷。邓湘子主编，湘潭大学出版社出版。封面是苏霍姆林斯基的一句名言：“一个人只有在他懂得爱的时候，才会成为真正的人。”该书选登了我的一篇文章《最好的奖励》，文后出了四道题，认真看了下，我也不一定能答好，还是让聪明的孩子们去答吧。

7 月 20 日　星期二，晴

毛泽东文学院“谭谈工作室”纪红建先生来函，作家谭谈牵头组织作家、画家、摄影家对湖南现当代著名艺术家的故居进行考察，通过著文、摄影、绘画，反映这些文化名人故居的现状。这的确是一次很有意义的活动。谭谈先生邀请 20 位湖南诗人为20位湖南籍现当代文化名人每人创作一首诗歌，再请20位书法家将这些诗歌变成书法作品，会同考察成果，于今年12月，在毛泽东文学院举办一次展览。交给我的任务是，为《青春之歌》的作者杨沫写一首诗。我想，就为杨沫女士写一首十五行诗吧。

在网上翻阅杨沫的资料，看到张中行先生年轻时抄录给杨沫的一首爱情诗《杨白花歌》："阳春二三月，杨柳齐作花。春风一夜入闺闼，杨花飘荡落南家。含情出户脚无力，拾得杨花泪沾臆。秋去春还双燕子，愿衔杨花入窠里。"

多感人的诗篇！诗中的"杨花"正好被用来借指杨沫，但后来两位的命运令人唏嘘不已。可见，爱情与爱情诗也是不太搭界的。有好的爱情诗未见得有好的爱情，但我以为，即便没有好的爱情，有好的爱情诗也是好的；正好比，即便没有好的爱情诗，有好的爱情也是好的。杨沫啊，杨沫，我可再写不出如那般的"杨花"诗来了。

7月26日　星期一，晴

晚上6点，罗鹿鸣有请，到锦绣红楼817参加"诗人聚会"。参加聚会的诗人有：唐朝晖、聂茂、龚道国、刘起伦、李杰波、谢午恒、龚湘海以及昕孺。

鹿鸣见到常德当行长后，把常德的诗歌运动搞得轰轰烈烈。他对于常德诗歌的意义，堪比欧阳白对于郴州诗歌的意义，都是在一个比较沉寂的地方，振臂一呼，而应者云集。

道国，我还没读过他的诗，但他的散文越写越有心得，最近他升迁了，我们举杯祝贺，他腼腆得一脸彤红。我看好这种人的出息。

我第一次见到聂茂夫人，苗条静淑，很知性。倒是聂茂的肚子大了。茂兄写诗、作文、治学、办报，格局越来越大，肚子大也许只是格局大的反映之一。

杰波一见到我，就说他现在专攻理论了。我说好啊，现在正缺理论家。他略显郁闷地说，他攻的是新闻理论。然后，轻轻摇了几下里面长着一个瘤子、外面披着一头长发的脑袋。

起伦在国防科大，贵为“大校”，他最怕我们喊他“将军”。但诗人都是哪壶不开提哪壶，将军长将军短的，弄得他云里雾里。几杯酒下肚，拍着桌子喊服务员，要她把老板叫来，赶快拿照相机拍下这“红楼十余贤”的靓丽身影，挂在大堂中央，为酒楼增色。吓得服务员落荒而逃，好久不敢进来倒酒。鹿鸣是摄影专家，他说，老板不拍，我们自拍。举起形似迫击炮的一个大玩意，对着我们一顿猛按。起伦煞有介事地接过去，左瞧右瞧，认真质问摄影师：里面有胶卷没？

席间，得到聂茂主编的《三湘人物周刊》，办得挺大气，里面关于彭崇谷、冯明德、郭辉、吴茂盛、王又元的报道，我都喜欢，特别是王又元的画，大雅大俗，十分耐看。如果要挑点毛病，官员作家稍嫌多了些。有趣的是，某先生的简历中有“现任某市环保局副局长兼党组副书记（正处级）”字样。他自称为“朴实而可笑的幻想主义者”，我看，朴实虽未见，可笑则有之。这位幻想主义者，会不会还对“副厅”抱有幻想呢？

我想冒昧对官员作家们提一个建议。从政与作文、治学毫不矛盾，官员文学家也是中国官坛与文坛的传统，虽说未见得优良，但也不一定低劣。当代中国，有不少官员的文学作品毫不亚于某些职业作家。但我建议，官员在报刊发表文学作品时，简历最好不要提到自己的行政官阶（有关文艺的民间团体任职除外）。我看到，有很多优秀的官员作家就是这样做的，恕不一一表扬。

8月3日 星期二，晴

余三定老师，文学评论家，学者，我的第一本诗集《月下看你》，就是余老师作的序，那时我们还没见过面，是好友许奔流牵的线。我创办《大学时代》杂志，余老师和诗友刘创给予了不遗余力的支持，至今让我铭感五内。我曾写过一篇《儒师余三定》的小文章，刊发于《大学时代》2006年第6期，推重老师的治学与为人。

7月30日，余老师在《人民日报》发表《岂能“只认衣裳不认人”——“CSSCI风波”引发的思考》一文，直指中国学术评价体系的弊端：“一些论文评价机构和评价者也不看论文质量如何，甚至完全不阅读论文，只在评基地、评项目、评职称时核对一下该论文是否发表在‘CSSCI’来源期刊上。这就造成了学术评价和学术活动中‘只认衣裳不认人’的弊端，即原本作为一种手段的学术评价机制反而成为学术研究的目的。从长远来看，过度抬高这种学术评价机制，有悖于学术研究的原初目的和终极追求，会消解学术研究的崇高性和严肃性。”

读过该文后，我给余老师发了一条短信：“中国的学术评价体系问题太多，已缺乏公信力，应该有专家站出来说话。老师发言体现学者良知，弟子敬佩不已。”

9月19日 星期日，晴

这种天气几乎不可忍受，好在还有诗歌让我们清凉。

湖南最有实力的女诗人唐兴玲昨晚组织“中秋诗会”，而且选了一个好地方——烈士公园杨福音艺术馆。我带了十多本《诗屋2009年度诗选》去，分发给诗友们。我朗诵了书中《给儿子的十五行诗》中的两首。诗会上，兴玲左呼右应、东奔西跑，把一场寻常的诗歌朗诵会演变成诗歌交流与诗友欢聚的嘉年华，不寻常的号召力和组织能力可见一斑。我见到欧阳白、韦白、易清华、匡瓢、易彬、路云、汤凌、章仙踪、欧飞廉、易安、艾红、枕戈、苦茶、金明、晓梦斜阳等，知名作家谢宗玉、资深诗人彭国梁也光临诗会，受到热捧。

半小时后，我向兴玲告假，因为妈妈跟我一起来的。她正坐在年嘉湖边，与杨福音艺术馆隔湖相望。她一见我就说："刚听到你的朗诵了。坐在这里听，效果几好。你也坐下来听吧。"我坐下来，正好听到国梁兄朗诵顾城的诗。

妈妈听得入神。我悄悄站起来，只见满园静气、半湖月华，夜色中蒹葭如墨，人影婆娑，一只小船在湖面上悠悠晃晃。诗朗诵或穿云裂帛，或婉转轻扬，在年嘉湖的任一位置，都有诗歌的声音在飘荡和回响。

9月21日　星期二，晴

在《尊品》杂志上认识一位叫宋军的企业家，人称"沙漠疯子"。他不仅把自己赚的钱不断投进北京沙尘暴的发源地阿拉善沙漠，而且将100位中国顶级企业家带进了沙漠，并做出10年捐资一亿的治沙承诺。

这是一个有理想的人。但首先，是一个有良知的人。企业家的使命是赚钱，更是为社会创造财富。中国企业家很多只知道赚钱，却不知道"为社会创造财富"。赚钱是一个企业家经营能力的体现，赚钱之后为民造福、为社会造福则是一个企业家价值理念的体现。

你去赚钱吧，按目前沙尘暴的推进速度，不到百年，北京将不复存在。你说，北京不存在，中国那么大，我怕什么？可你想想，连北京都不存在了，中国会是什么样子？你又会说，世界那么大，中国是什么样子关我屁事？可你再想想，如果全中国都成了一片沙漠，世界上将何处不是风沙连天？你能躲到哪里去？覆巢之下，没有完卵。有钱人不去解决这些问题，最终便是与穷人偕亡！宋军说得好：“如果说企业家只会赚钱，官员只会做官，那这个社会并不会和谐。”

和谐是我要说的另一个方面。很多人责怪中国企业家不慈善，赚了钱捂在自己腰包里，不肯拿出来捐给穷人。我认为，中国企业家不慈善，固然有企业家本身的问题，比如素质较低，特别是财富观念狭隘；也还有其他方面的问题。

例如，中国的官僚体系过于庞大，钱捐出去能有多少落实到穷人的腰包里？还有，很多企业家无端消耗在官僚应酬场中，企业界流传着这样的顺口溜：“饭局多，营养少；喝酒多，吃饭少；陪笑多，欢乐少；住店多，回家少。”在这种残酷的浮华背面，角色转换频繁，身心极度疲惫，孤独感加重，安全感减少，心理承受力降低……企业家们还有做慈善的心情吗？经济学家周其仁先生坦言：“中国有世界上最昂贵的企业家制度和最廉价的企业家。”企业家呕心沥血打拼出来的财富，被人轻轻松松就转化成官僚资本；本来可以回报于民的利益，莫明其妙变为了人民公仆的灰色收入，企业家还有做慈善的动力吗？

再举个简单的例子。时下中国足坛扫黑震动了全世界，可十多年前，最先揭发“足球黑幕”的是一个著名企业家——吉利集团董事长李书福。李书福是中国的汽车大王，能收购美国的沃尔沃，牛吧？但中国足球“黑”得他玩不下去了！李书福素称“汽车狂人”，但他就是狂不过中国足坛的那些大佬们。

我也算做过六年书商。在中国办企业，成本之高令人咋舌，这也无形中堵塞了慈善之源。由此，我无比钦慕宋军的理想主义情怀。宋军说，他在阿拉善沙漠中找到的最宝贵的东西，是自己真正的内心。宋军的言外之意是，在其他地方，他的内心丢失了，不见了。宋军直想让大自然的荒漠回归绿色；其实他更渴望的，恐怕是让人们心灵的荒漠绿意盎然。那可是比治理沙尘暴困难百倍的工作。

10月9日　星期六，晴

约十天前，刚好读秘鲁作家略萨的《潘上尉和劳军女郎》，我非常喜欢这本书，它体现了略萨天才的叙事能力。长假前，在鹏飞兄办公室，我们还讨论了略萨获得诺贝尔奖的可行性。果不其然，7号下午传来好消息，略萨荣获2010年度诺贝尔文学奖。前些年，诺贝尔奖剑走偏锋，把莱辛、勒克莱齐奥等一干“亚一流”作家扶上台面，略萨的获奖，能否传递这样的信息——诺奖将重新重视那些创造过经典作品的作家？若如此，那米兰·昆德拉、石黑一雄、阿摩司·奥兹都能看到曙光了。

10月18日　星期一，晴

前天，重阳节。下午3点，我的母校湖南师范大学迎来了洛夫先生一行。“洛夫与现代诗”座谈会在里仁楼二楼会议室举行。师大校友会孔春辉师妹邀请戴海老师与会，戴老师以自己“不是诗人”为由，将我推到前台。我亦不顾自己只是貌似诗人，欣然恭逢盛会。

那天的天气真是有意思。早晨起来，浓雾重重，连近在咫尺的浏阳河都看不到了。我忽然想起，这多么像洛夫先生早期代表作《石室之死亡》的风格啊，艰涩，隐晦，却笼罩万物，语句有如层峦叠嶂，幽深莫测；诗意却像海市蜃楼，捉摸不定。但它是那么迷人，就像读里尔克的《杜伊诺哀歌》，常读常新。

上午10时许，我出门去单位。这时云雾渐开，阳光透过薄雾，显示出它特有的明净与舒放。这酷似洛夫先生中期诗歌的风格，由晦涩变为明朗，由欧美回到中国，由物性上升到人性。《边界望乡》《长恨歌》等一系列代表作，表明诗人从对物性秩序的探索发展为对人性炎凉的体味。

下午2点，我从河东出发，过湘江到河西。此刻晴空万里，秋高气爽，蓝天如洗，澄江似练。这不正好呈现出洛夫先生晚期创作长诗《漂木》的神韵吗？《漂木》厚重，大气，洋洋三千行，从物到人再到神，从审视到体味再到考问，《漂木》搭的是一架直抵神性的天梯！2001年，洛夫先生正是以这首中国百年新诗史上最长的诗歌获得诺贝尔文学奖提名。

可见，在长沙连续一周的阴雨之后，在2010年的重阳节，在千年学府岳麓书院旁边，在美丽的湘江之滨，当“诗魔”洛夫来到这里，连天老爷都用自己神奇的天象来应和这一场诗歌的盛宴。

83岁的洛夫一头银发，身形稳重，神采飞扬。昨天，他和师母陈老师以及助手团队乘十几个小时的飞机从温哥华到长沙，时差都没倒过来，却毫无倦意。

笑得像一首唐人绝句的春辉师妹主持座谈会。首先由卢岳华副校长向在座师生、校友介绍洛夫先生，接着是师大黑蚂蚁诗社的两名学生朗诵洛夫先生的两首代表作。其中女生朗诵的，正是2008年我在欧阳白主持的洛夫诗歌朗诵会上朗诵过的《因为风的缘故》。然后，由洛夫先生谈现代诗创作。

在第四阶段“诗歌创作与赏析交流”上，蒋洪新副校长先发言，他谈了洛夫与余光中两位诗人诗歌风格的区别。按座位顺序，我接着说。我的发言有两个小部分，一是简要评点洛夫的创作脉络，如上所述，配合天象。二是谈“我与洛夫”，从1992年《创世纪》诗刊的“大陆第三代现代诗人展”直到2008年郴州的诗歌朗诵会，表达自己的感恩。同时，也希望在座的诗社成员珍惜这次际遇，用自己的一生去热爱诗歌，拥抱诗歌。

10月20日　星期三，晴

收到菲律宾诗人和权先生寄来的新著《我忍不住大笑》。我认识两位菲律宾诗人。一位是2004年在台北参加两岸诗学交流会时同住一室的云鹤，他是《东南亚诗刊》的发起人和主编。认识和权更早。上世纪90年代，我在中国台湾、香港，美国，菲律宾，新加坡，马来西亚等许多国家和地区的华人报刊上发表诗歌，菲律宾发表我作品最多的媒体便是和权主持的《万象》。《万象》不是一本诗刊，甚至不是一张单独的报纸，而是马尼拉《世界日报》的副刊，只有一个版，但我寄过去的诗通常都能刊发。1992年，应和权先生之邀，我加入“菲律宾华人现代诗研究会”，并于同年参与了《万象》诗刊创刊8周年特辑。和权先生大约是第三、四代菲律宾华裔，但他对祖国文化有很强的认同感，对母语汉语有不可割舍的情结。他的诗歌明快直截，又讲究意象，追求张力。他和云鹤都是菲律宾华文诗坛的优秀代表。

10月25日　星期一，晴

青年诗人冰木草从贵州寄来《诗歌杂志》第10期。《诗歌杂志》是一本民刊，坚持出版已然不易，能做出特点和水平更是难得。冰木草告诉我，杂志的栏目设置以80后诗歌和女性诗歌为主。一本民间杂志，甘为年轻诗人当人梯，甘为女性诗人做嫁衣，应当为他们喝彩。但我认为这同时也是一面双刃剑，诗歌杂志不比公开发行的时尚类、综合类杂志，有一个读者定位的问题。诗歌杂志，尤其是民刊，无需考虑读者定位，只需考虑文本质量。那么杂志将内容局限于一个小众群体，对文本质量的损失是很难弥补的。比如这一期的80后诗歌，就看不到令人耳目一新的诗歌文本。别的地区我不熟悉，湖南我是知道的，80后诗人整体进步不大，口号多，文本少；实验多，成果少；跟风多，创新少。他们在诗歌探索中，重活动，轻作品；重个性，轻境界；重争论，轻建树。这一方面是因为80后还年轻，诗歌技艺还有较大的上升空间；另一方面是我在湖南的80后诗人中，看不到嗜字如命的诗人。他们写诗，就像时下谈恋爱一样，要谈不谈，要写不写。你说没谈吧，男男女女又黏在一起；你说在谈吧，又嘻嘻哈哈不太认真。这样子谈恋爱和这样子写作，都难有出息。

《诗歌杂志》最为可贵的一点是他们不回避问题。这也体现了80后诗人群体中仍然不乏有识、有志之士，在为提升80后诗歌整体品质而作不懈的努力。

11月28日　星期日，雨

郑艳赴深圳参加张五常先生生日庆典回来，给我发短信："研讨会有年高德劭的长者，也有一些青年才俊，受到很多启发。夫人在深圳开了高品位酒楼'燕来居'，教授生日晚宴在此摆了三十桌，完全谢绝红包。还给每位宾客准备了礼物。香港前财长梁锦松、深圳万科总裁王石等名流亦来恭逢盛会。张教授的大气，是以其学术、财富、品位为底子的，真是罕见。"张夫人还将郑艳写张教授的文章《典范的力量》打印出来，发给各位嘉宾。我回短信道："见多了这种大场面，就会积累成大智慧。"

11月30日　星期二，雨

冯传友寄来《包商时报》总第91、92期。第92期"包商文苑”刊发了拙作《看见有人从街上走过来》。其他还有来新夏、胡洪侠、黄岳年的大作。第91期上，有古远清先生的《访台杂锦》；有趣的是，同时收到的古农主编的《书脉》杂志上，也有古远清先生的大作《在阿里山体验台湾文化》。此两者实为同一篇文章，只是标题不同。这种一稿多投，在内刊上还是允许的，不能算古先生的错；但这种现象给内刊的办刊人提了个醒，如何加强作者队伍建设，尽量使用独家发表的文字，是一个不能忽视的问题。这除了作者的职业自觉，当然还包括编辑给作者用稿的及时回复、杂志刊期的相对固定等一系列问题。

《云梦学刊》第6期的头条是陈平原教授的《当代中国的“人文学”》。由于中国教育令人瞠目的功利性，使得人文学日渐边缘化，比如，大学中文系曾经那么辉煌，现在都被含混的、具有暧昧气息的“文学院”所取代。一个没有中文系，或者中文系遭遇严重冷落的时代，中文还会展现她美丽的容颜吗？

吉林诗人葛筱强寄来《城市晚报》11月2日号，王国华主持的副刊发表了我为筱强诗集所写的评论，标题改成了《生活终究是纯美》。

收到《书脉》杂志第3期和第4期，主编古农即于晓明。《书脉》曾停办过一段时间，前不久听说复刊了。这不，就收到了晓明寄来的杂志！相比以前，《书脉》更雅致，文本质量、装帧设计以及用纸在同类报刊中，均属首屈一指。封面有句“使优美和深思获得应有的尊重”，说得很好！我建议将“深思”改为“思考”，这样也许可以让更多的人获得尊重。

童银舫寄来《上林》第4期。头条是刘宗武先生的《记住“世界读书日”》。老实说，我也不知道世界读书日是4月23日，我甚至不知道还有一个世界读书日。天天都应该是读书日啊！我保证，读完这篇文章，我还是记不住这个所谓“读书日”

的。一个拥有“读书日”的时代，只能说明，读书人已经不多了。

12 月 13 日　星期一，雨

《湖南教育》杂志的“湖湘语文”主题策划做得很有影响了，彬彬儒雅而又激情四溢的黄耀红君居功至伟。“湖湘语文”，创意极佳。“湖湘”这个古雅深厚之词，借“语文”而得以别开生面；“语文”此一门基础学科，藉“湖湘”而得以悠远绵长。“湖湘语文”让“湖湘”具有了现代气息，让“语文”回归到母语本色。读到耀红在 12 月中旬号发表的《湖湘语文：我们的文化自信力》，耀红概括的湖湘语文三点内涵：站定“文字立场”，涵养“文学情怀”，坚守“文化使命”。本人深为激赏。再读到后面陈敏华君写的《一个语文的村庄》，优美动人的文笔，再配以李庄老师的名师风范，读来真能闻到一股“语文”的醇香。

《读书》第 12 期上有刘再复的大作《爱怨交织的往事——胡绳纪事》，引起我的关注。胡绳是上世纪 80 年代改革开放之初，中国政治理论的前沿人物，争议很大。读刘再复文可知，一个人的人格与他的政治理念常常是不搭界的。这也许是“好人干坏事”的原因所在。政治受制于环境的影响太大，刚看德国作家马丁 · 瓦尔泽写的《恋爱中的男人》中有言：“坏事情只有通过周边环境才尽显其坏。”信然！

12 月 20 日　星期一，晴

上周六去看戴海老师。老头刚做了一个眼部的小手术，视力由原来的 0.02 迅速上升到 0.12，取得了抗白内障斗争的伟大胜利。老头风趣地说：“好比一张相片，我的眼睛是属于底片坏了，再高明的洗片术也洗不出一张好相片来。”我说，模糊自有它的美。

拿了两本《湖南教育》杂志给老师，上面有他和辛继湘师徒俩谈气质的文字，以及照片。由于照片是专业摄影师拍的，不存在底片不好的问题，所以便显露出相当的气质，老头在上面简直“不可一世”，辛老师则娴静端庄如女教师的标本。

谈到微博，老师直戳我的痛处，说他已经有8名粉丝了，里面竟然没有我。我说我是铁杆粉丝，简称“铁丝”，所谓“铁丝”，就是无需上网，能看到微博手抄本的人。老师哈哈大笑。

接着，老师不耻下问，微博写什么好？我答曰：无所不写；片片好雪不落别处；白内障所达之处，皆为好文章。

2011 年卷

1 月 7 日　星期五，多云

1 月 6 日晚 8 点整，以海口为主会场，成都、西安、兰州、长沙等全国 18 个城市同时举行纪念史铁生的“铁生之夜”追思会。这次活动是《天涯》杂志社倡导的，长沙站的“铁生之夜”在曙光北路 66 号 PAGE 1 咖啡馆，由著名作家何立伟担任总监，《潇湘晨报》袁复生作为组织者与主持人。参加者有彭见明、叶梦、宋元、王平、何顿、孟泽、薛媛媛、彭海燕等湖南作家、诗人和学者，本人亦荣幸在受邀之列。

史铁生于 2010 年 12 月 31 日凌晨去世。1 月 4 日本是他 60 岁生日，这天晚上，北京举办了盛大的追思会，主题是“与铁生共度最后一个生日”。昨晚，《天涯》杂志社在海口追思会主会场还有一个募捐仪式，筹集到的资金将在北京地坛公园塑一座史铁生的铜像。

长沙追思会开始，何立伟倡议先为逝者默哀一分钟，然后他做了一个发言。何立伟谈到了他与史铁生之间的厚谊。他给史铁生写“漫画信”，史铁生非常喜欢，将它们推荐给《三联生活周刊》发表。史铁生后来出版《病隙碎笔》，特意请何立伟配画。知音相赏相惜，何立伟说到动情处，竟无语凝噎。

1984 年，彭见明先生的《那山、那人、那狗》与史铁生的《遥远的清平湾》同以满票荣获全国短篇小说奖。彭见明讲述那次去北京领奖，他与另外几位获奖者一起将史铁生和他的轮椅抬上领奖台，其情其景至今记忆犹新。

作家何顿说，外地作家中，他唯一去过史铁生家里，和他有过一次长谈。他们谈了很多文学，何顿觉得史铁生是一个崇高而圣洁的人。

我也发了一个言，谈到《大学时代》创刊，在韩少功老师的牵引下，史铁生夫人希米老师第一时间给我们寄来了《想念地坛》。昨晚，我特意朗诵了《想念地坛》节选，以表示感谢和追怀之情。

1 月 29 日　星期六，晴

争玉、庭坚回长沙；郑艳喜获签证，将去美国学习数周；戴海老师以广博之才耕微博之地……今晚 6 点，争玉将在迎宾路南景饭店 815 包厢设宴，贤主嘉宾不分彼此，迎来虎年最后的欢聚与惜别。

《散文选刊》原创版第 1 期刊发了我《生活秘笈》系列中的《我像一列火车》。文章是 30 岁时候写的，现在 40 多了，那就不止是像一列火车，而是进入高铁时代了。

孔春辉师妹寄来《湖南师范大学校友》杂志总第 20 期，师妹转载了我发在《湖南师大报》上的拙作《我的政治系，我们的政治系》。校友杂志上有很多母校和校友的消息，读来让人亲切。

2 月 10 日　星期四，阴雨

大年初五，诗人解从郴州来长沙。我们坐在国宏的车上，顺着芙蓉北路找可以吃饭的地方，竟未遂。一般饭店均有铁将军把门，好不容易找到一家门户洞开的，里面寂然无人，散发出一股食品因孤独而发霉的味道。索性就到了兴汉食府，这里却高朋满座，热闹得不得了。坐定，俄顷，诗人欧阳白带着宿醉而来，诗人凌峰带着满面红光而来，诗人马随、复生带着刚起床的隔夜气息而来，理工大学的杜教授带着年轻的女友而来。席间，举行了由花城出版社出版的解兄新诗集《在一起》的首发式。诗歌和羊肉火锅一齐将餐宴气氛推向高潮。

初六，散文家刘先国和诗人易清华在长岛路“兄弟海鲜”宴请年轻的北京出版家张海君。海君在北京出发前发信息给我，便有幸与他在兄弟海鲜第一次见面。先国、清华、海君均擅饮，我则惨得滴酒不沾，幸有昨天刚见过面的诗人凌峰在场，而且他是有备而来，听说有酒喝，没开车，打的士来的。凌峰包了他自己那份和我桌前杯子里的那份，本来红光满面的他更加容光焕发。先国兄开场定调，说今天要少喝点，昨天喝高了。不料才一口下肚，便使劲招呼服务员开另一瓶，吓得清华连连摆手。才28岁、已在北京闯荡8年、卓然有成的海君这种场面显然看得多，加上胸有海量，他喝得十分淡定。

2月25日　星期五，阴

春节前大致有个读书和写作计划，因为知道过年的一些规定动作，所以安排得比较宽松：写一个短篇小说，故事已经酝酿了个多月；读三四本书，以外国小说为主。结果半个月下来，由于临时增加的拜年任务、突然出现的“三缺一”现象以及亲友生病住院等，小说《锅巴黑了》直到昨晚终于写完初稿，但写了一万六七千字，比预计的要长一些。计划读的三四本书最近也才纷纷合卷，好在计划外的也读了一两本，算是堤内损失堤外补了。

计划外的阅读，最有代表性的是刘瑜的《送你一颗子弹》。潇湘晨报袁复生曾送给我刘瑜的另一本书《民主的细节》，这本书被评为晨报的年度风尚图书。从朋友那里拿到《送你一颗子弹》，我在春节震耳欲聋的鞭炮声中和打恭作揖的拜年声里，屡屡折服于刘瑜的才气。

刘瑜无疑是绝顶聪明的女子，但她写作上的成功，聪明绝非决定因素。我认为，无论《民主的细节》还是《送你一颗子弹》，在刘瑜令人击节的才学背后，站着的是自由的曼妙身影。刘瑜是这样一个女子，她眼高手也高，心气高才气也高，博览群书却没有读成书呆子，博士毕业却未被论文击昏，攻读政治学专业却读懂了“政治”的真正含义，深谙古典文化却没有食古不化，赴欧美留学任教又没有变成一个“香蕉人”……刘瑜总算突破了中国基础教育的围城，但这样的突围者少得可怜。从《送你一颗子弹》10个月内连印9次就可知道，刘瑜在中国青年读者中的标志性意义。

3月30日　星期三，晴

郑艳赴美国“游学”，27日发来短信：“上了5天课，了解美国出版业现状，几位行业领先公司管理人员现身说法，其实践带来许多启示。今日上午游华尔街、世贸遗址、圣三一大教堂、自由女神像等。下午泡在世界四大博物馆之一的大都会，叹为观止。明天去西点军校及几个大传媒集团参观。”又说：“一周前从肯尼迪机场出来时并未觉得很特别，但每天增加一些震撼：教授的敬业、行业领跑者的创新、建筑之美、城市规划的科学、对民生的重视等等。我们的家乡，还有太长路要走。”

我回复说：“是啊，每个人都要努力。能到外面看看的人更知道努力的方向。”

上周六，兴玲、汤凌在湘江1号公馆组织“我与春天有个约会”诗歌朗诵会。我和诗人刘羊在鹅羊山谈到国家与民生的问题，他问我危不危险。我说，危险，但还有办法，关键是行动。

一个团队的战斗力是建立在凝聚力基础上的，而凝聚力则建立在公信力的基础上。公信力薄弱的最大体现是社会严重缺乏诚信，缺乏信任反而导致轻信，互相猜疑，谣言四起，比如前不久的抢盐风潮便是一例。2009年，《求是》旗下的《小康》杂志和新浪网联合进行了一次专就信用指数的民意调查。这个调查得出的结果让人大跌眼镜，最值得信任的五个群体是农民、宗教工作者、性工作者、军人和学生，而科学家、教师和政府官员的可信度都比上述群体低得多，但是高于房地产开发商、秘书、经纪人、演艺明星和导演。

方向在哪里？这就是我们要努力的方向。

4月14日　星期四，晴

我曾多次在博客上赞赏黄耀红君在《湖南教育》文科版发起并力行的"湖湘语文"主题策划活动，但那大多止于阅读，是一种"纸上得来终觉浅"的初级感受。本周一下午，我随黄耀红、陈敏华、唐玲娟以及湖南教育报刊社数字出版中心诸君前往常德，冒充"专家"，参加在常德武陵区育英学校举行的"这个春天，我们相会诗歌里——湖南小学语文教材新诗教学研讨会"。终于可以全程参与一次湖湘语文活动了，何况同去的有真正的专家——著名儿童文学作家、诗人，原长沙市文联主席李少白老师。

少白老师我们神交已久，因在不同的文学门类，平时交道并不多。但老师清润平和，随物俯仰，童真长在，诗情愈老而愈醇，我是十分清楚而敬重的。感谢耀红赐予机会，这次不仅与李老师在常德华云宾馆"同居"两晚，朝夕倾谈，时聆教诲，而且在12日上午第一次听到李老师风趣、饱满的讲座。李老师讲的是儿童诗，说实在的，我这是头一回扎进儿童诗的清池里，享受那种天马行空、单纯澄澈的高妙。李老师给在座的两百多名老师，更给我，上了生动的一课。

同去的唐玲娟，长沙市赤岭路小学教导主任，语文老师。她在最近五年，给全校各个年级的孩子们进行“新诗教”，自己阅读了大量的中外儿童诗歌，为孩子们编教材，写教案，做课件。她拿了她的弟子们写的诗歌给我看，让我无比惊讶：“孩子们可以把诗写得这么好！”你真的无法想象，而且一看就知道那是孩子的手笔，大人是改不出来的。

12号上午，在李少白老师的讲座之后，我谈了一个半小时的《新诗鉴赏与创作》，反响尚好，得到了女老师的献花。下午，我参加了育英学校组织的诗歌朗诵会，朗诵了我自己写的《春天的秘密》，并聆听了耀红君技惊四座的长篇讲演《还一份诗意给语文》。耀红和我是长沙县的老乡，这家伙是个长沙里手，书读得多，文章写得好，讲演更是一绝，3个小时下来，滔滔不绝，竟然还不要看稿子，真是才情与激情并具，文采与神采齐飞。

4月20日　星期三，晴

前日，我的同事、文友江冬告诉我，他获得黑蓝论坛小说大奖。可喜可贺！江冬腼腆内秀，平时不大说话，我经常劝他多与人交往，这样对写作更有好处。但静有静的好，年轻的江冬沉潜下来，读书无数，让他的内心变得愈益厚实。

江冬深得经典小说的神髓与现代小说的技巧，描述细腻，用词精准，语言富有张力，得奖实至名归。为奖励他的创作成绩，在南京出差的理勇主任特嘱我在三味食府，由江冬请他最想感谢的几名老师吃饭，编辑部买单。

5月2日　星期一，晴

4月30日下午，我和敏华去看望戴海老师。今年6月之前，老师都会住在省委大院。这个大院是长沙市中心的一块风水宝地，里面古木名花、飞鸟池鱼、亭台水榭、茂林修竹，大有兰亭之风致。可惜出入皆高车大马，唐突了一方好景致。

我们谈到唐代哪些诗人来过长沙，怎么来的，在这里干了些什么，写了哪些诗。越过唐代，我问老师，苏轼究竟有没有到过长沙？是否留下诗迹？老师说，苏轼既然被贬海南，路过长沙是毫无疑义的；他写过一首诗《题潭州徐氏春晖亭》，上面标注：苏轼曾任舒州团练副使、永州安置。但该诗末句是“凭君寄与画图看”，看来他对长沙的印象的确不深，估计即便来也只是路过。

说到永州，自然说起柳宗元。柳宗元除了喜欢写诗，还喜欢种树。他在永州“手植黄柑二百株，春来新叶遍城隅”。植两百株黄柑，就让新叶遍城隅，可见那时永州城多么小。戴老师最欣赏后面两句：“几岁开花闻喷雪，何人摘实见垂珠。”说罢，老师带领我们去大院里找橘树，赏橘花，可惜“喷雪”之景刚过，看到的只是一树树“残雪”。

忽然，闻到一树奇妙的清香。该树叶子平平无常，花开起来却半拢半展。老师问，知道她叫什么名吗？我照例摇头。老师轻轻地耳语：含笑。

5月10日　星期二，晴

昨天，收到天津人民出版社寄来的样书《七个人，七种散文》。这是杨献平主编的《散文中国》系列之五，是包括我在内的七位散文作家的一个合集。另六位分别是：李登建、黄薇、樊健军、陈瑶、蚤休、段炼。我收入的是四个长篇散文：《浏阳河传》《片断与完整》《疯子》《天堂纳税人》。

《浏阳河传》曾刊发于《青年文学》2010年第11期。《片断与完整》和《疯子》的节选都在《散文选刊》原创版发表过。《天堂纳税人》则作为小说发表在《文学界》2009年第12期，但我的兄长龚鹏飞说，这是一篇很好的散文，可以作大学语文的教材。所以这次，它便以散文的身份收进了这本书中。

下午，翩翩佳公子梁威来访。梁威是我的师弟，现专攻新媒体，好学敏行，仕途与术业均不可限量。他送给我岳麓书社出版的《沈从文的湘西世界》一套四本，卓雅选编、摄影，还有一本湖南科学技术出版社出版的《不可思议的年代》。

5月12日　星期四，雨

终于下雨了。昨晚睡得好，以为没下雨，早晨起来一看，外面一片迷蒙，真可谓“润物细无声”。

3年前，汶川大地震抢走我十万同胞的生命，伤残者无数，家破者无数。在巨大的灾难和剧烈的悲恸面前，善良的中国老百姓坦然接受了这一份天命。

震惊于灾难带来的毁灭性打击，他们用勤劳的双手重建生活的信心。感激于政府的强力救助，他们用忠厚的心灵抹去“豆腐渣”工程的创痛。

只有坚持，没有放弃。只有俯首，没有追问。

据说，今天，北川将举办上十万人的公祭。据说，3年来，震区发生了翻天覆地的剧变。剧变也许是一次彻底的刷新，那公祭又是一次怎样的存盘呢？我们看到，崛起的新兴小镇替换了地震废墟，但那么多亡灵，他们能否真正找到自己的家园？他们是否还记得自己的亲人？

而这边厢，公祭会场的外面，仍有另一种牺牲在持续；剧变的背后，仍有另一种不安在延伸——婴儿被干部强抢贩卖，故宫失窃，警察遇袭，云南楚雄多名官员因震后重建房问题落马，深圳300户百万收入家庭骗购保障房，初三女生因考试失利自缢身亡……还有我所在的湖南，被称为“华中地区弥足珍贵的物种基因库”的石门县壶瓶山国家级自然保护区，无视禁令，公然破坏生态，修建电站。这家违法建设的公司里面，就有我们的环保局、水利局等多名官员股东。

婴儿被卖到国外。政府说，正在调查。

故宫失窃。故宫承认，工作不到位。

女生自杀。教育说，这是个案。

警察遇袭。公安说，这是报复。

自然保护区建电站。公司说，我们正在积极活动，要把这个项目进行到底。

大地震3年了。北川说，我们公祭。

公祭吧！但愿我们货真价实的悲伤能像大地震一样，摧毁那些腐朽的灵魂！

6月2日　星期四，阴雨

《鸟看见我了》是青年小说家阿乙的第二本小说集，收录了他近年创作的十个中短篇小说。蒙远在加拿大的中国作家薛忆沩推荐，此前我对阿乙知之甚少。看简历，他列举的发表其作品的杂志只有三家：《今天》《人民文学》和《文学界》，可见也是不太有发表欲或者不是太被重视的作家。

阿乙1976年出生，那一年在中国是很重要的年份，出了很多大事，包括主席、总理、委员长接连去世，唐山大地震死了二十多万人。如此巨大的损失，按照能量守恒定理，老天总是要有所补偿的。阿乙的出生算不算得上一个补偿呢？我不敢说是多大的补偿，但阿乙无疑是1976年生人中的一个亮点。

也许是由于历史原因，中国小说家早慧少，晚成多，当然，青春文学没算在内。很多小说家写到四五十岁才比较成熟。而国外，有些天分高的小说家20多岁就成名了，比如麦克尤恩。这样看来，阿乙也不算年轻。只是在中国，当看到一位35岁的年轻人能拿出这样的文字和文本，你会感到讶异，读者会感到普遍的讶异。这种反应说明，这位35岁的年轻人或多或少是一个异类。虽然从写作本身来说，他纯正得就像一只盛装小说的优雅瓷器。为什么这么纯正的小说家，在中国看上去是一个异类呢？中国另一个纯正的小说家薛忆沩在温哥华，在异乡。异而不是同，冲突而不是和谐，大约是所有纯正小说家的宿命。

阿乙当过警察，做过国家机器中的一枚螺丝钉。做螺丝钉的经历，让他了解到整个国家机器的运转状况，这个不难。难的是，阿乙了解了整个国家。他对这个国家里的每一个细胞组织都洞若观火，不论是威武堂皇的，还是支离腐朽的。作为一名视野独特的小说家，阿乙能敏锐地抓住所有细胞组织的内在联系，不论是高高在上的，还是渺小卑微的。

6月3日　星期五，阴

前天，西藏诗人李素平偕夫人一起从老家四川达州抵长沙。素平夫妇是去江西吉安看望在那里读大学的儿子，听说火车要路过长沙，临时决定在长沙下车看看我，并亲自赠我诗集《拉萨印象》，前面有我的小序《拉萨的天空，弥漫着诗一样的传奇》。诗集由华文出版社出版。

前天晚上，我带素平夫妇去长沙古街太平街，在火宫殿吃长沙小吃，游湘江风光带，见识长沙的市民生活。他们在那里邂逅一群四川老乡，其中一位年过花甲的老人，无家无室，在外流浪了五十多年。他们慷慨解囊，对老人予以资助。

昨天上午有会，下午要排练，便挤出中间一段时间，从10点到14点半，先去岳麓书院和爱晚亭。感谢肖永明教授赠给素平夫妇《岳麓书院史话》。然后，从河西直接乘车到博物馆，拜见2200多年前的利苍夫人辛追。素平兄对辛追的评价是：漂亮。最后，我们到烈士公园年嘉湖边坐了会。接下来，夫妇俩将去韶山和张家界。

6月7日　星期二，晴

《巨流河》在中国内地很有影响。此前，好友郑艳、耀红均跟我提到过，郑艳在去美国的飞机上还读着它。所以，我便买了一本三联版的来读。这本书的可读性来自三个方面，一是作者齐邦媛经历十分丰富，人生跌宕起伏，跨越数个时代；二是齐先生的家庭很不一般，父亲乃东北地下抗日的组织者，一直活跃在国民党的上层，所见所闻更具史料价值；三是齐先生本人是朱光潜、吴宓的高足，学养深厚，文笔清新。

从日军侵华，到两岸融冰，这一段时间跨度不算很长，却异常具有文化与精神含量的历史，本来极具书写意义。奇怪的是，中国作家很少有人能够深刻而全面地去提及它。我相信，有齐邦媛这样经历、身份与思考的，不乏人在，为什么如此激流汹涌的历史，我们只看到《巨流河》（齐邦媛）、《大江大海》（龙应台）这样可怜巴巴的几个文本呢？

还有一个奇怪现象是，综合大陆的情况来看，再加上《洗澡》的作者杨绛、《思痛录》的作者韦君宜、《往事并不如烟》的作者章诒和——两岸作家中，通过个人亲身经历来书写历史的，并写得入丝入扣、感人肺腑的，竟然大多是女作家！

这几位女作家都写得好，至少她们自己做到了最好，她们的作品靠细腻的感性赢得可读性，靠琐屑的往事赢得真实感。反过来，从文本价值而言，这些作品也失之于感性和琐屑，缺少血性和力量。

6 月 8 日　星期三，晴

昨天高考，作文题受到各方关注。湖南的作文题是：某歌手第一句话由“大家好，我来了”变为“谢谢大家，你们来了”。以此为意，自拟题目写一篇作文。这个材料题想法还是不错的，学生的写作空间也较大，可以写社会风气的变化，也可以写歌手素质的提高；可以写“我”与“大家”的关系，也可以谈做人处世的法则。

其实高考作文题无所谓好与不好，对每一个考生来说，好与不好都是公平的。但愚以为，高考作文题应尽量脱离应试作文的窠臼，考出学生的素质与灵气，不要让那些考前大肆背诵材料的考生得逞。

6 月 13 日　星期一，多云

诗人李晃从深圳寄来《湖南青年诗选》和《李晃短诗选》。想起大半年前，李晃邀请我担任《湖南青年诗选》编委时，我虽兴奋莫名，倾力相助，但一直担心着，以一己之力编一本时空跨度如此之大的诗集，能否拿得下来。如今，沉甸甸的诗集捧在我手里，给予我的是此前难以想象的惊喜。可以说，这是我所见过的最为完备的湖南诗人选本，从 50 后到 80 后，时间跨度整整 40 年；地域不仅囊括湖南 14 个地市，而且将遍及全国甚至国外的优秀湖南籍中青年诗人，几乎一网打尽。

我没见过李晃，但到过他的老家隆回。没去过时很难理解，为什么中国近代第一个睁开眼睛看世界的魏源会是隆回人？

为什么隆回拥有新时期以来湖南最大的一个诗人群体？到了那里，我才明白，隆回高山峻岭、林茂水幽，没有一条很宽的路，却到处都是可观之景。生活在那里的人们，只要稍有文化，便会对家乡的风物人情产生极强的感受力与表现力，更会对外面的世界产生极强的渴望与探究之心。魏源出去，打开了近代中国的视野与胸襟。这不，匡国泰、谭克修、马萧萧、李晃、李傻傻、袁蛟等年轻诗人也出去了，他们既让人看到隆回诗人的性灵才气，更让人感到湖湘文化的厚实底蕴。

如此说来，由隆回籍诗人李晃来完成这部《湖南青年诗选》的主编工作，或许是天降大任于斯人也。

6月15日　星期三，雨

两个多月前，四川散文家、“在场主义”发起人周闻道先生打电话给我，他主编的《在场》杂志欲从今年夏期起，创办“在场地图”专栏，刊发全国各地符合在场主义理念的散文精品，首先想推出散文基础较好的湖南，盛情邀请我参加，并委托我另组三位散文家的优秀稿件。通过我自己的阅读经验，以及与闻道兄协商，最终确定了岳阳的散文家沈念、邵阳的散文家周伟和长沙的散文家远人。他们分别奉上了自己的力作。

《在场》杂志2011年夏期（总第7期）已经出刊，“在场地图”的湖南散文小辑“主持人语”是我写的，其中也免不了王婆卖瓜，自夸了一把：

在湖南的散文作家中，沈念、周伟、远人、吴昕孺是特点比较鲜明的四位。

《夜发生》有着近乎小说的述事，却展示出比小说更为练达的自由，沈念的笔头总是挟带着一种尖锐，让我们看到夜晚的深处，在那里所“发生”的一切，比如故事、历史，还有欲望和孤独。

周伟用与泥土极为相近的朴质书写着自己的乡村，《乡村功课》因为怀想而超越了忆旧，无论求雨，还是射尿，周伟的文字始终像田畔的野花一样，绽放得无拘无束。

远人文如其人，永远干净清静得如一片白云，《城市里的鸟鸣》是一篇独特的文字，因为它在喧哗的都市为我们“衔来整整一个自然”。

吴昕孺的写作充满着智性与想象力，《父亲的清明节》在跳宕的文字和奇妙的情节中，给我们展开了一幅乡情与亲情的画卷。

总之，这四位作家通过自己真诚、开敞而又风格卓然的写作，代表性地诠释了在场主义的散文理念。

6月20日　星期一，雨

好友罗争玉荣任华文出版社社长已有一段时日。他将华文出版社解读为：“华文所事，修文载道。激荡文字，论世衡史；涵蓄华章，蕴秀文化。博采众声，广纳雅言；灼灼其华，郁郁乎文。书非千轴，文不百代；气非自华，因人而彰。心系华夏，文名四海。总览人文，化成天下。华文出版，劲风满帆。”此论不唯有经营理念、出版思想，更有历史与人文的担当。

雯那间主人王庭坚从北京发来短信，赠李白诗句“莫道词人无胆气，临行将赠绕朝鞭”与我共析。他说：“中国历史，既是一部草民嚼烂菜根的苦难史，也是一部文人问破苍天的愤懑史，只是文人往往彷徨于忠良之辩，又踟蹰于操守之惑，故酬志者少，抱憾者众……”

我对此的理解是，中国文人往往个人道德感太强，从而压抑并割裂自己的历史使命感。他们往往只看到自己在时下功名册中的位置，而较少追求自己在生命版图中的坐标。

6 月 30 日　星期四，阴雨

廖兄静仁，湖南安化人。益阳安化，层峦叠嶂，山高谷险，自古为匪患马帮之乡，至今犹有茶马古道遗迹。静仁兄怀抱文学，满腹经纶，却一副武貌，长髯粗口，大鼻深目，全不似咬文嚼字之人。上世纪 80 年代初，以一篇《纤痕》引爆湖南文坛，遂成散文顶尖高手。曾任安化县报总编辑，并成为“湖南省劳动模范”，获全国五一劳动奖章，搞文学能搞到这个地步，让人匪夷所思。

不久，廖兄来长沙，在省文联主编《财富地理》杂志。我的书架上收藏有十余本《财富地理》，此刊不唯装帧漂亮，印制精美，而且往往一刊一地，将当地人文、风物、气象、资源等一网打尽。这种独特创意既让《财富地理》称闻湖湘，也让廖兄赚得盆满钵满。接着，他创办《自觉》文化杂志，并于捞霞开发区、湘江世纪城等多处开设“自觉”茶厅，广纳湖湘文人骚客。去年，我曾有诗登上《自觉》雅舍，既铭谢廖兄美意，亦深感其包容与活力，为常人所不及。

今年 3 月，安化美女喻俊仪与我接上头，说廖静仁正在主编《新时期湖南文学作品选》，分为三卷：短篇小说卷、散文随笔卷、现代汉诗卷。邀我加入，我欣然从命。3 个月后，三本大部头即由湖南人民出版社付梓。昨日傍晚，我赴“自觉”茶室拿到样书，果然是大手笔。

拙作，曾刊发于《绿风》诗刊 2009 年第 6 期的《十五行诗三首》入选现代汉诗卷，曾刊发于《安徽文学》2008 年第 1 期、并获得当年“安徽文学奖”的《岳麓书院——灵魂的入口》入选散文随笔卷。细读这两卷，均立足于新时期三十年背景，将湖湘视野的宽度与文学经典的高度相结合，具有不菲的史料价值。

7 月 18 日　星期一，晴

前些天，接到薛忆沩电话，他从加拿大到了北京。17 日上午，他再打电话时，已在长沙河西谷山村舅舅家。10 点，我从水木轩出发，先后经过浏阳河桥、捞刀河大桥和三汊矶大桥，进入河西。忆沩在谷山加油站等我。谷山村属岳麓区，与望城县一山之隔。忆沩舅舅家乃一精致大方的农家院落，坐在堂屋边喝茶，边聊天，大有“把酒话桑麻”的味道。

忆沩谈到在北京，他见到一些新锐小说家，如阿乙、瓦当等，欣喜于他们所拥有的文学潜质，同时也为他们的写作环境感到担忧。他说，中国当代文学与世界顶尖水平差距仍然很大，西方对中国当代文学的译介也比较混乱，但西方文学同仁对中国当代文学有一个共同的疑问，那就是中国的写作者大多止步于四五十岁，这也是具有中国特色的“四五十岁现象”。而在西方，一个作家四五十岁要不刚刚成熟，要不正是如火如荼的时候。在他们看来，中国写作者特别容易见异思迁，把职位、地位和物质层面（比如获奖）的东西看得太重，把文学反而看得并不重。

我们聊到英国移民作家奈保尔，我刚读过他的随笔集《作家看人》。我说，奈保尔对诗人沃尔科特的评价不公平，但他的《米格尔大街》实在迷人。忆沩说，奈保尔对英语文学的贡献极大，他改变了英语的质地。英语是一门古老的语言，自莎士比亚以来，英语一直繁富、芜杂、纠结，是奈保尔这样的作家让英语变得简洁、活泼，富有张力。我说，我从《布罗茨基谈话录》中深切感受到移民作家，尤其是流亡作家那种不可救药的孤独感。

他说，是的，任何人移居国外都不会像一名作家那样拥有深刻的孤独感，那种孤独感可能伤害到生活，却丰腴了文学。

终于见到忆沩的妈妈和外婆。外婆已是97岁高龄，鹤发童颜，精神饱满。忆沩把我带到老人面前，听她背诵白居易的《长恨歌》和《燕子诗》，都是数十行的长诗，老人吐词清楚，抑扬顿挫，毫无停顿，宛如行云流水。我对忆沩说："有一天你若成为伟大作家，这里就是源头。"

7月23日　星期三，晴

罗鹿鸣主编的《桃花源诗季》有一个好栏目"昌耀家园"，是纪念2000年因病跳楼去世的常德籍诗人昌耀的。昌耀姓王，是湖南桃源县人，曾参加抗美援朝；1957年，因诗罹祸，从此流放青海长达20多年。一生穷困蹇迫，长期孤单寂寞让他很少说话，几乎失去语言功能，却练就一支健笔。人民文学出版社曾出版《昌耀的诗》，评论家誉之为"中国新诗史上的一座高峰"。

我个人认为，昌耀无愧于中国当代优秀诗人的称号，在新诗史上应当留下他的位置。但无论昌耀，还是彭燕郊，他们这一两代诗人，更多的是被耽误——被时代耽误，被苦难耽误，被糟糕的中文环境耽误。与他们身上所承受的巨大苦难相比，与他们的尊严所遭到的践踏相比，他们所取得的诗歌成就仍然不成比例。但他们已经尽力了，他们在那样的环境中已经做到了最好。对于一个诗人来说，最大的苦难，不是被划为右派，被流放，被禁闭，不是穷困潦倒，不是孤独无依，而是他置身于可怕的、几乎不可救药的语言环境中。可以说，上世纪六七十年代恶劣的汉语，让中国很多天才诗人抱憾终身。对于昌耀来说，他坚守了诗歌，却没能改变和挽救汉语。被标语、语录、口号、公文戕害得体无完肤的汉语，欲重新灵肉饱满，芳华散发，需要经过几代诗人的努力。

昌耀的人本价值不容低估，因为他是“被侮辱与被损害的”代表人物，但随着时间流逝，其文本价值或许将渐渐淡化。若仅就文本价值而论，我个人更看好比昌耀年长16岁的“七月派”老诗人彭燕郊。然而，彭燕郊真正的诗歌成就绝不是作为其标签的“七月派”，他的晚年创作称得上中国新诗的一个奇迹。

8月23日　星期二，雨

山东文友袁滨说，刚揭晓的茅盾文学奖值得“关注和阅读”。惭愧的是，我对茅奖的关注基本满足于看新闻，换句话说，也就是看热闹。茅盾文学奖的评奖方式类似湖南卫视的“快乐女生”，一轮、二轮、三轮往前走，只是没有终极“PK”，没有大众评委，我建议下届把这两样东西加进去。

我把茅奖评选与“快女”扯在一起，绝不是贬低它；恰恰相反，我认为这才是走对了路子。虽然网上传闻“快女”的一些内幕，但无论如何，“快女”那种专业评委加大众评委的方式是目前中国所有选拔制度中最为科学和公正的，在这一点上，就连一考定终身的高考和公务员考试，都似乎不及。

今年“快女”的大众评委增加到一千人，不管你如何看轻大众的欣赏能力，但你无法忽视一千人集结的力量。据说，本届茅奖评委也较往届大幅增加，共有62人，其中京外评委占了60%，这是一个好现象。但这样的举措绝对不足以杜绝“小圈子”，62个人，又能是个多大的圈子呢？何况在文学界，作家、编辑、教授、评论家常常集于一人之身，哪个著名作家身边不围着些编辑、教授、评论家？哪个编辑周围，没有些作家、教授？哪个评论家身边，没有几个作家、编辑？说穿了，还是小圈子。

所以，茅奖应该继续向“快女”学习，引进大众评委这一项。比如，评奖结果产生一年前，就可在网络上进行大众投票。如果不相信大众的水平，大众投票可以只占总分的一半甚至更少嘛；如果怕有些作家拼命拉票，拉票是好事啊，作家为什么就不能竞争一下拉票呢？关在房里，百无一用是书生，得了茅奖书还是卖不出去，有什么用？

好啦，不扯远了，来简单说说第8届“茅奖”作品。说简单，是因为五部获奖作品我只看了一部——刘震云的《一句顶一万句》。如果我是大众评委，我绝对顶它！《一句顶一万句》能获奖，很大程度上让我相信本届评委的公正性。

张炜的《你在高原》，天啦，450万字，可能是已知的中外文学作品中最长的一部。张炜同学真的给本届评委出了一道大难题！这么长的作品，基本上不可能读完，没读完当然不能说好，但也不能说不好，万一它是真好呢！铁凝说这部小说“是我国当代长篇小说创作具有重量的新收获”，这基本上是主席对部下说的鼓励之辞，或者说，她是指450万字相当于6部《红楼梦》的“重量”。但问题是，无论你如何看待它，这部最长的作品不获奖是说不过去的。所以，我理解并尊重评委的态度——对于《你在高原》，宁可评错了，也不要遗漏。

其余三部，刘醒龙的《天行者》、莫言的《蛙》、毕飞宇的《推拿》，我都没看过，近期也没有此类阅读计划。但从新闻上得知，三部作品分别写的民办教师、妇产科医师和盲人推拿按摩师的现实生活与内心世界。著名作家关注社会底层的这种写作倾向，我个人非常欣赏。

9月5日　星期一，多云

上周出差北京。周六，王庭坚邀请我去北京植物园内的黄叶村——传说中的曹雪芹故居。西山下北京植物园内万木葱茏，我们着实享受到了李东阳所说“村肴野饭匆匆发，碧水青山面面迎”的胜境。只是在雪芹故居边上一顿“村肴野饭”花了庭坚近300元，如果再点茶，至少还要168元，我们就知趣地喝了白开水。近的不说，我们说点远的。大约是1742年，曹雪芹作为抄家罪犯子弟回到北京，好友敦诚爱才惜才，对他说：“劝君莫弹食客铗，劝君莫叩富儿门。残杯冷炙有德色，不如著书黄叶村。”到了1971年，在黄叶村正白旗39号老屋西壁发现了敦诚的这首诗，后来就把这座老屋当作曹雪芹故居，建立了博物馆。我对庭坚说，对于故居一说，我们宁信其有，这样至少能保护这片老民居，否则早被开发商拆了。

接着，去梁启超墓、张绍曾墓、孙传芳墓和卧佛寺。梁启超墓是由他的儿子梁思成设计的，肃穆、低调，中西风格结合，像个墓地的样子。不像纯中式名人墓，往往弄成庙堂或牌坊，显得滑稽。卧佛寺可了不得。始建于唐代，内有元英宗时用50万斤铜冶制而成的释迦牟尼卧像，现在已是稀世之宝。卧佛殿门上方有慈禧太后写的匾“性月恒明”，一派雍容端庄。慈禧身上虽有巨大的历史局限性，却不能不说她是一位人杰。

周六晚，于晓明接我出去吃饭，见识了北京餐饮业的一道奇观。人教社旁边那条小街九成以上饭店都要排队才能吃到饭，我们坚决不吃排队的饭，一直往前走，走到街口有家店子因为开在二楼生意稍差，才坐上了位子。饭后，晓明盛情邀请我参观他的书房“静庐”，见到他极为可爱的一岁多的女儿，吃到他家里栽种的葡萄，真甜。

9月14日　星期三，晴

这几天校对《初中生·作文》第11期，扉页“真情美文”栏目是英国作家高尔斯华绥的《观舞》，内有一句：“我的友人正用指尖悄悄地从眼边拭泪。而我自己，则氍毹之上一片溟濛……”意思是，友人被孩子们的舞蹈感动得流泪了，而我也热泪盈眶，所以才“氍毹之上一片溟濛”。

行外人可能不太清楚，校对是出版过程中极为辛苦的一环。这种辛苦来自两个因素：一个是校对本身十分复杂，一校、二校、三校，校样文章又都是责任编辑在编辑修改时看过好多遍的，没有新鲜感，很容易让错误从眼皮底下溜走；另一种因素则是语言学家们罔顾汉语的美好和历史的持续性，倚仗自己的“学术权力”，随意对词典进行篡改，给写作者、阅读者以及编辑校对工作带来很多不必要的麻烦。这样的例子，我相信每一位编辑都可以掏出一大堆，我仅拈出刚刚遭遇到的“溟濛”一词，来一番剖析。

中国出版界有一个现象，哪家出版社都可以出词典。因为词典是学生、老师和编辑的必备工具，市场大得惊人，因此“词典经济”应运而生。我前年还在博客上曝光过“一个人的词典”——一个人花几个月时间就糊弄出一本词典，然后买书号自费出版，再然后呢，利用自己的权力资源和别人的权力资源，批量地发到学校去。问题是，那书号就让他给买到了！那词典就让他出版了！这样的出版“自由”我相信连西方都享受不到。

我手头有两本十分正规的词典：一本是《现代汉语词典》第5版，中国社会科学院语言研究所词典编辑室编，商务印书馆2005年6月出版，2008年3月第381次印刷，印数200000册，定价78元。另一本是《现代汉语规范词典》，封面上印着：首席顾问：吕叔湘，李荣，许嘉璐；主编：李行健，外语教学与研究出版社和语文出版社2004年1月第一版，同年8月第6次印刷，定价69.90元，没有标注印数。

这两本词典，封底上都有广告语，《现代汉语词典》的广告语是“一部久享盛誉的规范型词典，一个专业权威的编写机构，一家百年历史的出版名社。”《现代汉语规范词典》的广告语是：“规范、科学、实用、新颖。”——都将“规范”作为自己的首选之项。那么这两本“规范”词典是如何处理“溟濛”一词的呢？

《现代汉语词典》第5版既有“溟濛”，也有“冥蒙”。其中“溟濛”的注释是：“形容烟雾弥漫，景色模糊。也作冥蒙。”而在前一页“冥蒙”的注释中，只写道“同‘溟濛’”。可见，它不仅认可“溟濛”一词，而且将其作为首选。《现代汉语词典》第5版对“濛”的解释是：“形容细雨：细雨其濛。”下设“濛濛”一词，注释为“同‘蒙蒙’”。

可是，到了《现代汉语规范词典》中，情况就大不一样了——“溟濛”这个词消失了！只剩下了“冥蒙”，注释为两个意思，一是“昏暗而模糊不清”，一是形容“草木茂密”，后面特意注明“不宜写作‘溟濛’‘溟蒙’”。这句话无疑判处了“溟濛”的死刑！在这本辞典中，“溟”的解释只是“海”，没有《现代汉语词典》第5版中的“溟茫”“溟濛”一说；更有趣的是，“濛”字也索性被它开除了！

这两本差不多同时出版的，同样号称“规范”的词典，到底哪一本更规范呢？作为一名编辑，如果手头只有《现代汉语词典》第5版，没按《现代汉语规范词典》行事，让“溟濛”一词在报刊亮相，而倘若相关审读部门又要求以《现代汉语规范词典》为准，那“溟濛”就成了一个错别字，不仅要扣编辑的钱，而且还可能影响这本杂志的评奖、评级，其事可谓大矣！

从我个人看来，让“溟濛”和“濛”在词典中消失是对母语的一种戕害。“溟濛”与“冥蒙”读音相同，但无论外观形状，还是意义表达，“溟濛”都要比“冥蒙”精准、生动得多。

何况，“冥蒙”能否说明“草木茂密”是很值得商榷的。因此，我觉得，《现代汉语词典》第5版在保护母语的博大、美丽与精准上，比《现代汉语规范词典》做得更好！

中国那么多垄断行业，唯独应该统一、“垄断”起来的词典，却是五花八门，让人莫衷一是，真是咄咄怪事！

9月15日　星期四，晴

《读书》第9期有一个差劲的策划和若干好文章。头条策划了“纪念鲁迅诞辰130周年”专辑，三篇文章全是讲鲁迅与日本的关系，这个点也不错，但它们全着力于“介绍”，介绍鲁迅在日本的影响以及日本作家对他的评价。这个专辑没有给读者带来任何思想冲击和知识愉悦。

但这一期有几篇难得一见的好文章，尤其是毕会成的《2010：从墨西哥湾到黄浦江边》和张柠的《囚笼中的文学》，体现了中国思想精英开始致力于鞭策时政、批判现实、塑造未来，也让人看到一本杂志独立的个性与良知。

张柠说：“没有比诗（文学）在一个时代受到误解和嘲弄，更为无奈和危险的事件。这一事件足以让我们丧失一个完整的世界，仅靠拥抱残缺不全的半个世界苟活。”然而，碰巧，我们遇到的正是一个误解和嘲弄诗歌的时代。我们这个时代，差点就丢掉了诗歌，只剩下诗歌的变种——要不变成颐指气使的公文，要不变成搔首弄姿的广告语，要不变成试图代表“民族精神”的空话套话。文学在权与利的要挟和诱惑之下，把祖宗积累了四五千年的本钱蚀得精光。“真文学的语言被驱逐，伪文学的语言大行其道。在这个语言碎片的废墟中，伴随着谎言，一颗颗混乱的大脑在幽灵般晃动”。

主流文学媒介中的诗歌，目前主要由两种类型构成，一种是对权力的献媚，一种是对陈旧审美惯性的迎合。语言变成僵尸一般，连同事物本身的明晰性一起，全部被葬送，中国读者如今已没有能力面对真正的词语和事物本身，更何谈欣赏诗歌！“文学被囚禁，并不仅仅是想象力与创造力的被囚禁，更是思辨力和判断力的被囚禁……我们不但需要想象的大脑，更需要判断的大脑。而意识形态的控制和洗脑，加上电子技术的日益发达，正加快人们脑残的速度，这是极其可怕的。与其说我们在为囚笼中的文学招魂，不如说在为碎裂的语言招魂，在为濒临瘫痪的大脑招魂”。

毕会成以2010年的墨西哥漏油事件与上海世博会为“麻雀”，解剖了当今世界的诸多悖论。比如工业文明与生态灾难，比如恐怖事件与危机外嫁，还比如让人啼笑皆非的“劳动节悖论”——“在这个劳动者的节日里，真正的劳动者却只能以劳动的方式度过自己的节日，并且因为不得休息而不得确认自己的劳动者身份”。“劳动节期间照常开工的建筑工地使节日的乌托邦叙事遍体鳞伤”。

中国素有官本位传统，向来以权力为原点进行权利分配，于是使得歧视成为中国市民的一种生存方式，连劳动节都只是官方体制的重申，而不是向建造城市的无数农民工致敬。农村的凋敝与城市的浮华就是这样以断裂的方式建立联系：农村是成本，城市是收益；农村是义务，城市是权利；农村是手段，城市是目的。正好比，文学是成本，商业是收益；文学是义务，政治是权利；文学是手段，整治是目的。

官本位预示着永远不可能“去政治化”，预示着政治的僵化、权力的膨胀与文学的没落。我们当然要纪念130岁的鲁迅，因为百多年来，中国现当代史上有着“严密的思想整体”和“完整的精神世界”的，仅此一人。

相比鲁迅，我们都是人格的矮子、精神的侏儒，只不过有些人在“人格的矮子”“精神的侏儒”前面可以加上“正厅级”“副处级”或者“享受正处级待遇”这样的前缀而已！

9月23日　星期五，晴

今天上午9点，赴中南出版传媒集团，在其五楼会议室参加“全媒时代、优品阅读——中南传媒首届优质数字资源奖评选活动”，我被复生抬举为评委，获得难得的学习机会。在场评委还有：湖南省图书馆馆长张勇、中南大学教授孟泽、著名作家谢宗玉、对清史有卓越研究的作家谭伯牛、湖南大学品牌设计与管理研究所所长季铁、湖南教育电视台湖湘讲堂制片人柳理、潇湘晨报总编室袁复生等。我们对已和中南出版集团旗下各出版社签署“独家授权”协议的59名作家（作者、编者），进行讨论、评比，评出十名最有贡献的作家，进行表彰。

会议由中南出版传媒总经理丁双平先生致辞，新技术新媒体部负责人梁威、贺正举主持。

10月6日　星期四，晴

3号，四川散文家、“在场主义”倡导者周闻道一行自驾游至长沙。晚上7点，我们在枫林宾馆顶层茶厅晤谈。我与道兄相交有年，缘悭一面，这次见面，我们有着同样的感受：很高兴。道兄慷慨、激情地阐述了他的“在场”理论与文学理想，他谈到如何去除遮蔽，发现本真，真正树立散文的独特品质，极有见地。他也谈到两次“在场主义散文奖”颁奖的一些故事与花絮，饶有意趣。一直聊到10点，才依依惜别。一起喝茶聊天的还有两位女诗人张富遐和谭红霞。

侄儿笑笑在咸宁实习，长假回来休息。他刚出了一本书，是和另外几位 80 后作家、诗人合著的《我们想和韩寒谈谈》，他写了第四章、第五章，约两万字。他把自己的第一本作品送给我，我一翻，里面的作者好几位是我的朋友，比如诗人妙不可言、李婷婷。

笑笑的文字不错，朴实、干净，不乏机灵，有乃父之风。乃父，就是邀请我写路口和果园文章的彭国梁兄。中国的读书人，可能没有几个不晓得这位大胡子的。我想，笑笑的基本目标应该是：超过“乃舅”！超越“乃父”！

10 月 19 日　星期三，阴

最近，教育界又热闹起来了。

北大校长喜作化学歌，大概北大欲效仿湖南芒果台，以娱乐精神冲击世界名校的位置。作为 20 多年前向往北大而最终与北大无缘的不才学子，我举双手表示赞成，至少闻名天下的北大的籍籍无名的周其凤校长，从此一炮走红。要红学校，先红校长，这是硬道理。

西安未央区第一实验小学更出奇招，他们将“学习、思想品德稍差”的学生戴上绿领巾，以鞭策其上进。天啦，戴绿领巾，这好比《水浒》中豹子头林冲“男儿脸刻黄金印”啊。我们教书育人的学校莫不成“白虎堂”了？

我认为，如果要戴绿领巾，应该是戴在缺乏耐心、爱心和教育艺术的老师身上，应该戴在排座次、分优劣、无视孩子尊严与个性发展的学校身上，应该戴在将教育目标扭曲成政绩指标的教育官员们身上。

如果硬要戴在孩子们身上，说实在的，我可能更看好这群戴绿领巾的孩子，以他们的率性、贪玩，若能拓展成日后的想象力与执行力，说不定他们才是中国未来的希望。

戴红领巾的孩子，如果因为成绩优秀转而追求官场的“上进”，贪恋三道杠、五道杠；如果为求得思想品德的高分，转而学会向老师邀功取宠，如果……我们的国家将以这群人作为社会精英与栋梁，可以想见那会是个什么样子。

想想，还有多少在舞台上假唱的明星，有多少抄袭别人论文的教授学者，有多少说假话、造假表贪污腐化的国家公务员，有多少制假药、假食品、假建筑材料的企业主……他们有几个没戴过红领巾？他们对得起被“烈士鲜血染红”的那红旗一角吗？

所以，孩子们，绿领巾没什么不好，要戴就戴呗，人生是马拉松式的长跑，戴着绿领巾同样能昂首挺胸地跑过终点，同样能赢得掌声和欢呼。

10 月 20 日　星期四，阴雨

刚在温州第 9 届读书年会上和董宁文见过面，回家就收到他从南京寄来的大著《开卷闲话六编》，开本极为精致，可读可藏。

《开卷》第 8 期有周实的文章《未央先生》。未央是老诗人，曾担任湖南省作家协会主席。有趣的是，他现在和我住在同一个小区。未央个头不高，满头银发。我偶尔看见他早晨在小区前坪跑步，很有精神。我喊他，他应声望着我，笑笑。我也笑笑，但我没上去自报家门，因为报了他也不识。我们小区里还有一位苗族老诗人石太瑞，老两口总是在小区内散步，我时常碰到。我也和他们打招呼，也不自报家门，只是笑笑，互相问好。周实写未央十分精准：“未央先生言语不多，凡事都是笑眯眯的，但是他的眼睛会说，声音平静、清澈、安宁。你若不是用心去听，那就等于他没有说。对于人事以及名利，他更不会说什么了。”

台湾《新地》文学季刊第 17 期刊发了我的小说《去武

汉》。还有古远清炮轰余秋雨的长文《台湾所不知道的余秋雨》，我读了，掩口而笑。

古，我有幸见过一次，不是我很喜欢的那种类型，感觉才不足而力有余。余，我不幸没见过，但读过他不少大作。余真是一才子，这个没得说，但余也有中国才子的不少毛病，好面子，好掩饰，不坦荡。殊不知欲盖弥彰，余要坦然承认文化大革命中那些事，没有人不会原谅他，那个时代做过那些事的人何止千万？但余太要命的地方是，他只想做个完人，当个圣人，那就要把过去的黑悉数抹去，结果越抹越黑。

真为余抱屈，以余的才气，如果没有辫子抓在古手里，他们哪能在一个层面上对话？

又为古叫好，中国太需要像古这样的较真者，咬定青山不放松，管你什么圣人画皮，我也要扯出牛鬼蛇神的里子来。

10 月 21 日　星期五，阴

中午，与来毛泽东文学院学习的娄底诗人梦天岚一起在兴汉食府吃饭。天岚与我曾是《大学时代》的同事，他在《大学时代》主持“80 后诗歌专栏”，培养了不少新诗人。

天岚的诗文都很好，这种好不是平时客套说的“好”，而是实实在在达到了相当高的水准，也许知道这种“好”的人并不多。而且我相信，日后天岚会把写作这件事做得更好。我们聊到了当代诗歌的一些状况，比如同质化写作的问题，很少有诗人意识得到，但中国诗人的同质化已到了触目惊心的程度；还比如写作中的突破问题，我同意天岚的观点，突破不是喊出来的，也不是计划出来的，突破必须建立在炉火纯青的基础上，突破本身是梦幻般的。

天岚要我注意两位湖南青年诗人的作品，一个是淹月，一个是青蓖。淹月我听妙不可言推介过，也读过他的作品；青蓖则从没听说过。

10月26日　星期三，雨

海宁图书馆《水仙阁》副主编陆子康是我在第9届全国民间读书年会上结交的新朋友。在温州万豪商务酒店报到那天晚上，我们坐在一桌吃饭，子康先生彬彬儒雅，待人谦和，我们交流接谈十分愉悦。但接下来的日程，我因贪玩到处乱跑，遂没再联系。不料，先生回去后，给我快递过来他主编的《海宁图书馆藏金石拓本》，西泠印社出版，标价520元，里面的拓本图文让我眼红心热。这是多么珍贵的礼物啊！来自王国维、徐志摩、穆旦、金庸的老家！

周一上午10点，赴师大景德村参加"《戴海村语》编辑出版第一次预备会议"，恭逢盛会的有戴海、刘晓清、刘羊、柔止、看花的羊及昕孺，共六人。大会首先听取了戴海同志长达一小时的《关于"戴海村语"微博写作与编辑状况的说明》，刘晓清同志作补充发言。接下来，吴昕孺同志谈了自己对书名、序言以及本书结构的一些看法，后因"叛徒"饥肠告密，被迫移师新民路"大碗厨"继续进行小组讨论。会议用酒系戴海同志女婿细蕊拉（谐音）从丹属法罗群岛带来的"赞助"，据说是萨达姆生前最喜欢喝的酒。

11月5日　星期六，雨转多云

西藏诗人陈跃军寄来大著《触摸玛吉阿米的笑》，这是跃军出的第一部诗歌之外的文集，由中国书籍出版社出版，编印都很不错。封底分别印了西藏文联副主席吉米平阶、中国散文学会副会长王宗仁和我的三段评语。我写的如下：

一位叫陈跃军的汉族诗人，像一只高山雪鹰，用自己深情、优美的笔调，试图触摸玛吉阿米那高原红的笑容。那是太阳染就的颜色，雪水融化的气质，冰川凝铸的身材，草原铺展的胸怀。那就是西藏。这本书向我们讲述西藏的故事，同时也向我们讲述了一位诗人追寻西藏、走进西藏、与西藏合而为一的心灵史。

“玛吉阿米”来源于藏族最伟大的浪漫主义诗人仓央嘉措的诗歌，是仓央嘉措独创的藏语词汇，意为圣洁、无瑕。六世达赖仓央嘉措在拉萨市八廓街东南角的一栋藏式院落里邂逅一位神秘、纯洁的少女，他为她倾情歌唱：“在那东方高高的山尖，每当升起那明月皎颜。玛吉阿米醉人的笑脸，会冉冉浮现在我心田。”我想，西藏就是诗人陈跃军心中的玛吉阿米吧。

安化县教育局廖双初先生托人转来他的第一本散文集《遥望唐家观》，由中华图书出版社出版。双初是我办《湖南教育报》副刊时的作者，那时他大约是一名普通的中学教师，写得很勤奋。双初在后记中提及“感谢”的一串人名中，我亦有幸忝居其列。其实，作为一名编辑，永远应该感谢作者对他的支持！

11月7日　星期一，阴雨

应长沙“熬吧”读书会负责人王来扶之邀，昨天下午2点，我准时来到芙蓉路和府大厦五楼“熬吧”，参加庆祝朱正、钟叔河两位老先生八十大寿文化沙龙。

朱正和钟叔河同为中国著名出版家、学者和作家，他们是长沙作为历史文化名城的两张“名片”。我对两位老先生当然是久仰久仰，但惭愧的是，我不喜串门，两位老先生也不太出门。到昨天为止，我和两位老先生仅仅各见过一次。

今天，我先见到朱正先生，和他打了个招呼，握了握手。老人的手很暖和。钟先生还没来，我到柜台买了海豚出版社为中国出版界三位八十老翁沈昌文、朱正、钟叔河出版的“三老文存”。三老，长沙占二，另一在北京。这是湖南出版界和文化界的骄傲。三本书分别为：沈昌文的《八十溯往》，朱正的《序与跋》，钟叔河的《记得青山那一边》。扉页上各有三位老人的签名。

2点半，历史学者谭伯牛开始主持会议。先请两位老先生发言。朱正主要谈了自己的创作与编辑生涯，他鹤发童颜，温文尔雅。钟叔河着重谈了自己成为右派的经历，他则光头鹄面，言辞犀利。两位老人，同年同月生，朱正比钟叔河大三天，性情如此不同，却是一生的朋友，因为他们的经历、才情、学识、智慧以及所热爱的事业、所作出的贡献，无不相同。

我的书架上有朱正先生的《1957年的夏天：从百家争鸣到两家争鸣》，河南人民出版社出版。这是我几年前写长篇小说《痴呆》时买的背景书籍，虽没通读，但翻阅多次。我的书架上还有1987年湖南文艺出版社出版的那本《查泰莱夫人的情人》，正是这本书的出版，让朱正先生被迫辞去该社总编辑职务。

钟叔河先生以策划、出版《走向世界丛书》闻名，这套书最近由岳麓书社重新出版了，但愿叫好又叫座。遗憾的是，我没读过这套书。我书架上有钟先生责编的《周作人丰子恺儿童杂事诗图笺释》。

有些外地书友、文友来长沙，希望我能带他们去见钟先生、朱先生，我每次都抱歉地告诉他们，我做不到。一是我从没去过两位先生的家，二是我和两位先生没打过直接的交道。我每到外地城市，喜欢看看当地的山水文物，喜欢访访有过联系的朋友，但不会去骚扰当地的名流名士。这是我的一个毛病，以后估计也改不了。但我一直以来，都为长沙有像朱正、钟叔河、彭燕郊、朱健、弘征这样的中国文化重镇，而深感荣幸，深感自豪。

11 月 11 日　星期五，晴

据说今天是“金光棍节”，我欣然去赴一场约会。上午 10 点，准时赶到毛泽东文学院，参加“文星升起的地方——湖湘文艺名家故居风貌美术、摄影、楹联、书法展”。中国作家协会副主席谭谈先生，从 2010 年春天起，与青年作家纪红建、摄影家周克臣、画家李奇一起，开始了长达数月的对 20 位湖湘文艺名人故居进行实地考察之旅。这 20 位文化名人是：画家齐白石，剧作家欧阳予倩，作家黎锦晖、黎锦明兄弟，作家白薇，诗人萧三，作家、教育家成仿吾，剧作家田汉，作家蒋牧良，作家沈从文，音乐家贺绿汀，作家丁玲，作家张天翼，作家谢冰莹，文艺理论家周扬，作家周立波，音乐家吕骥，作家杨沫与戏剧表演艺术家白杨姐妹，作家康濯。谭谈先生认为，湖南应尽快对文化名人故居进行抢救性保护。比如吕骥，是新中国音乐的奠基人，他在湘潭的故居即将在新一轮旧城改造中消失，目前街边连块小牌子都没有。遵义会议旧址都在著名作家成仿吾住过的房间前挂牌“成仿吾卧室”，而他的出生地新化，却连一块纸片都没有留下……在对名人故居进行采访、拍照、画画等一系列采风活动之后，谭谈先生又邀约 20 位诗人为每一位文化名人写一首诗，请 20 位楹联家为每位名人撰写一副对联。我有幸成为 20 名诗人之一，为作家杨沫写了一首十五行诗。在此基础上，谭谈先生主编了《文星升起的地方——湖湘文化名家故居行》，由湖南文艺出版社出版。每位诗人的诗刊发的都是手迹，平时写字有些小自得，今天才发现，我的字印在书上不好看，颇拘谨。在会上，见到了谢宗玉、纪红建、黄一鸣等，他们都忙，没多打扰。忽然，有人在我肩上拍了一下，回头看，竟是多年没见面的弘征老师！他随和慈蔼的笑，散发着生动的禅意，立马让我想到他的金石之风。

11月16日　星期三，多云

卢礼阳先生寄来《温州读书报》。这是我第一次读到这张报纸，而且读到的是刊发了自己作品的样报。第三版的大半版篇幅是我的《温州年会日记（上）》，还配上了东莞《悦读时代》执行主编徐玉福先生为我拍摄的“玉照”。

涂静怡从台北寄来《秋水》诗刊第151期，有静怡女士连载的《秋水日记》，还有著名诗人蓉子、张诗剑、张默、向明、林焕彰等的诗歌，“秋水书简”刊发了我上次写给静怡主编的信。

李婷婷送来昨天出版的《三湘都市报》，她主持的“悦读”副刊“向下读”专栏是我写的对三本书的推介、评点文字，三本书分别是波兰作家布鲁诺·舒尔茨的《鳄鱼街》、意大利作家翁贝托·埃科的《玫瑰的名字》、美国人文学者迈克尔·波伦的《植物的欲望》。

11月23日　星期三，阴

昨天下午，将戴海老师的书稿《戴海村语》发给争玉。争玉建议，因为该书是一部“微博之书”，所以也邀请20多位老师的亲友、文友、网友各写一则微博，以“网友笔会”为总题，放在书前作序。参加此一盛大笔会的网友计有（按排列顺序）：苏叶子、黎树祥、王庭坚、龚鹏飞、薛忆沩、黄耀红、柳理、阎维信、刘素芬、郑与点、陈跃军、辛继湘、王北山、王小杨、廖小帆、刘孙贤、付立平、刘羊、柔止、陈敏华、吴昕孺、苏进跃、戴松、罗争玉。我为老师写的“微博之序”是：

身卧山中，拥书万卷。湖畔早读，岳麓夜耕。坛边独语，聪明绝顶；村里群话，谈笑风生。一枚灵心慧质，俯首春秋，低眉汉魏，手挽唐诗宋词，脚踏明清风云。化诘屈为朵颐，变大块为微博。打通诗书画，不分文史哲，管它东与西，瞧这个老头，竟把古稀当孺子。

足行路上，阅世千遭。湘潭启蒙，长沙修业。北京深造，意气英发；西域白首，蚌病珠成。两个神仙眷侣，忘情桃李，膏肓山水，春登神农五岳，夏隐衡庐滨海。观泉石如画卷，揽烟霞入胸怀，冲决盲障斑，长养精气神，走遍南和北。瞧这个老头，敢叫日月换新天！

11 月 28 日　星期一，晴

在深圳出差的第三天。上午，赵浩然先生邀请我和晓龙去中心书城，参加海天出版社组织的“深圳当代短小说 8 大家丛书首发式”。8 大家中，计有邓一光、杨争光、曹征路、吴君、王十月、盛可以、南翔、谢宏。阵容挺整齐的。我认识的只有王十月，在会场上即给十月发短信致贺。我想，如果薛忆沩还在深圳，他必是其中一员。

虽然是时隔 20 年后再来深圳，但年底的繁忙不容许我呆多久，今天必须赶回长沙，于是打电话给几个想见的师友。一个是我大学时文学的启蒙老师、原《湖南师大报》主编，现在是深圳著名策划人的田地老师，他非常忙，说不久要来长沙，再聚；一个是诗人李晃，他马上要去参加作协的一个活动；最终见到的是《晶报》评论版主笔李跃。还有一位我想见的是儿童文学作家向民胜，他的手机却是空号，玩失踪了。

12月20日　星期二，阴

去年读过楚渔的《中国人的思维批判》，没料到一年不到，这本书就再版了。这种"没料到"让我倍感欣慰，这说明，可能有远远超过我们预计的读者，认识到了这本书的重要；或者说，他们已经从这本仅仅七万字的"大书"中，得到了丰厚的收获和启示，就像我一样。

我非常同意楚渔的一个观点：别看中国国力提升很快，其实中国仍然很落后，这与中国人思想贫瘠，缺乏精神力有关。造成这种状况也许源于两个方面，一个是体制因素，一个是历史因素。

楚渔说，中国人没有找到出路和社会发展规律，是我们自己的问题。体制是由人制订的，是由我们自己选择的。我们选择了什么样的体制呢？盲从，迷信，将上司和领袖推上神坛，无论你是政府部门负责人还是企业主，下属都会马首是瞻，唯命是从；无论是两三人的办公室，还是成千上万人的厂矿、集团，都只有一个脑袋想事，其他的听话就行了。这样的体制，人再多，也无法进步；而且，人越多，越寸步难行。模仿别人，做做批量产品还行，要他们从事创造性的工作，则会一筹莫展。

历史原因同样得怪我们自己。中国历史悠久，文明深远，这本是中国人的福份，但中国人偏偏不敢数典忘祖，偏偏高喊"祖宗之法不可变"，然后一屁股坐在祖宗栽种的大树底下乘凉、聊天、睡大觉。问题是，日子一长，他们眼里就只有祖宗栽的树而没有祖宗了，他们口口声声的祖宗之法也严重变质：“舍生取义、杀身成仁”现在变成了趋利避祸，见利忘义；“因材施教”“有教无类”现在变成了以高考为指挥棒，千人一面，千篇一律，全部为了夺取高分……

有着五千年源远流长文明积累的中国，文化却如此落后。怀抱博大精深的民族思想宝库的中国人，思想却如此枯萎。楚渔说得好，这既不能怪体制，更不能怪老祖宗。

12 月 23 日　星期五，阴雨

安徽作家陈家萍女士寄来新著《蛾眉宛转——民国女子的私情之美》，由广西师范大学出版社出版。这本书的选题非常独到：“民国”“女子”“私情”，这三个字无一不打动人心。相信以家萍的文笔与识见，定能写得婀娜多姿。夜深人静、月华如水时，当好好拜读家萍笔下的这些民国女子。

家萍是安徽肥西人，曾担任过高中语文老师，现从事专业创作。她最初在《江门文艺》的“课堂”专栏推出“惊鸿伤影”系列，引起读者一片叫好，不久即由上海远东出版社出版《惊鸿伤影》，蒙家萍信任，邀我作序，得以借家萍的才情登一回大雅之堂。家萍现长期在《厦门晚报》《济南时报》《西安晚报》《杭州日报》《百家讲坛》杂志等报刊开设专栏，是一位很有人气的女作家。

12 月 31 日　星期六，阴

《青年文学》第 12 期刊发了我的小说《父亲的钱夹子掉了》。这是我 2010 年写的一个比较满意的短篇。去年 12 月 9 日，薛忆沩来信说：“我刚读了《父亲的钱夹子掉了》，我很欣赏你的写法以及小说的动感和幽默。这篇小说应该登在很好的杂志上。”我认为,《青年文学》就是他所说的“很好的杂志”。

《中国工人》杂志第12期“文化家园”专栏刊发了拙作《亦诗亦僧亦梅花——一代诗僧八指头陀探秘》,发表时只用了副标题。

2012年卷

1月13日　星期五，阴

拿到《读书》杂志2012年第1期。新年开张，指望能读到让人耳目一新的好文章，不料有些失望。

头条看标题让我一振——《中国教育：情感缺失》，应该有东西啊！细读之下，最失望的就是这个。这是一个朱永新与朱小蔓的对谈，但一看就知道它经过很多精心“制作”，并不是真正率性的谈话。读下来，感觉就是为所谓“新教育”做的一个软文广告，花了全刊整整15个版面，双方出手都很大方啊！

因为是一个“制作”出来的对话，因此我读不到即时碰撞的思想火花，读不到激情迸发的妙语，读不到对话题别开生面的独到解读，读到的是空泛的理论、概念化的言辞、故作低调的恭维、自以为出新却又毫无新意的阐述。

“教育是培养人的事业”“教育的每一天都是新的”“新教育提倡做幸福教师”，有谁说过教育不是培养人的事业吗？有哪一种教育主张不做幸福教师吗？我们想看到的，“新教育”独特的教育理念、教育实验与教育事迹，在这个对谈里一样都看不到。

按理，这样一个对谈，应该让我们感受到两位对谈者的教育思想，然而，我们从他们的对谈里，学习到的是皮特朗的思想、小泉英明的思想、沛西·能的思想、苏霍姆林斯基的思想、索洛维约夫的思想、怀特海的思想，等等。难怪中国出不了教育家，我们的教育理论仍处于拾西方牙慧的阶段，而我们的教育实践又被高考死死牵着鼻子走。理论懒惰，实践偏执，这样的教育能结出什么果子呢？

本期还有殷实的文章《语言和谐与价值和谐》，他对中国新诗的全盘否定让人吃惊。但通读全文，我觉得殷实先生对新诗是无知的，要不他对中国优秀的现代诗读得很少，要不他可能不知道何为现代诗。

更可怕的是，殷实不仅否定新诗，把中国古代诗歌也一棍子打死了："古代中国的诗歌，粗朴纯真，感时伤事，但少有对人的意识的深层观照，少有对精神世界的持续探求。"不知道殷先生读过《离骚》《天问》没有，读过陶诗杜诗没有，读过苏词辛词没有，即便是最早的《诗经》，"昔我往矣，杨柳依依；今我来思，雨雪霏霏"难道不是对意识的深层观照？"知我者，谓我心忧；不知我者，谓我何求"难道不是对精神世界的持续探寻？

殷实说："新诗对体制有解放而无建设。"这话说得有点莫明其妙，体制是指诗歌本身的体制，还是政治体制、文化体制？如果是指诗歌本身的体制，新诗对于古诗，难道不算是一种建设？如果是指政治体制，那谁都明白，诗歌没有去建设政治体制的义务。

类似没有依据、没有逻辑的呓语，文中比比皆是。他以2010年诺贝尔文学奖得主略萨为例，表明略萨和中国诗歌一样，都是"西方文化的受害者"，则感觉是病急乱抓药。相信殷实先生有不错的文学欣赏水平，那就只可能是——他根本没有读过略萨的小说。

在全球化的今天，声色俱厉，吆喝不要让西方之外的文化受到"西方文化"伤害的殷实先生，莫非在缅怀闭关锁国的天朝梦想？

1 月 19 日　星期四，多云

从谢宗玉同学的博客上得知《文学界 · 湖南文学》正式创刊。昨日收到《作家天地》杂志 2011 年第 6 期，曾祥彪主编在《卷首语》中说，随着《文学界》下半旬刊《湖南文学》“粉墨登场”,《作家天地》将“寿终正寝”，结束自己的历史使命。

多年前，湖南省作协主办的《湖南文学》杂志莫明其妙消失，让湖南作家和文学爱好者们失去了一片沃土。这时,《作家天地》挺身而出，以一本内刊承担着延续湖湘文脉的重任。我个人认为，它还是做得很不错的。作为它的作者之一，我要向《作家天地》表示谢意和敬意，也期待新创刊的《湖南文学》能有更大作为。

去年，在戴海老师家里读到《炎黄春秋》，觉得很好，今年就订了。其实，我跟《炎黄春秋》的总编辑吴思先生有过一次交道。朋友送给我一本他的著作我十分喜欢，就想再读他的其他著作，但当时网上和书店都找不到，我便冒昧写了一封信给吴思本人。很荣幸的是，不久就收到了吴思先生签名寄赠的大著。后来，光明日报出版社出版了我的《远方的萤光》，我也寄了一本给他，作为价值很不对等的一个小小回报。

读到《炎黄春秋》2012 年第 1 期，觉得这本刊真是订对了，有相见恨晚之感。我甚至在想，在中国，如果有几十本像《炎黄春秋》这样的杂志；或者说，如果《炎黄春秋》的订户和读者能有一千万，也许我们都不会那么愚盲。当然，我们要有耐心。应该说,《炎黄春秋》的存在，本身就说明了时代和国家的进步。

1月22日　星期日，晴

我颇自闭，很少读报刊，上网也只浏览新闻，所以对新近涌现出来的人、事、物均反应迟钝。从《万通·生活家》杂志上读到南开大学文学院副教授熊培云的一段话，开始关注这个人。没料到，待我关注时，他早已是名人，先后出版过《重新发现社会》《自由在高处》等著作，而跻身“华人百位公共知识分子”之列。

我在网上购买了他的《一个村庄里的中国》。首先，喜欢这个书名，中国其实就是一个村庄，也只有村庄能说明和代表中国。中国的工业再发达，城市再威猛，就是有了一百个上海和香港，中国的根还在乡村，中国的魂也在乡村。可以说，没有乡村，就没有中国。乡村亡即中国亡。

而在工业化、城市化甚嚣尘上的今天，正视乡村的变化，探讨乡村的源脉，从而拯溺国家之弊患、诊治现代之病疾，已刻不容缓。工业文明无疑是人类文明的进步，但它一旦凌驾于农业文明之上，对农村敲骨吸髓，工业文明就将毁坏我们的家园，工业文明不能变成工业化。同样，城市建设也不能演变成城市化，城市本从乡村脱胎换骨，倘若城市对乡村一味吞噬残害，乡村将渐渐失去自己丰厚的孕育力与包容力，那城市再威武，中国也将成为一片废墟。

工业与农业，城市与乡村，市民与农民，多元则星月齐辉，对立则水火不容。当代中国，因为国家政策性倾斜以及传统文化的影响，这种对立与矛盾已日渐彰显。熊培云，这位1973年出生的江西农村小伙子，他考上名校走出了偏僻、闭塞的乡村，他甚至走出了国门。但中国乡村赋予了他一颗温儒敦敏的心灵，他越是见多识广，越是目光向下；越是浸染于城市，越是牵念乡村。于是，我们便见到他不断回到故乡的身影，他通过自己上十年的调研、采访，为中国乡村写志立传。

《一个村庄里的中国》文字明丽，见识丰沛。当然，我个人认为，培云在写作时有些过于求全，因而后面三分之一部分的写作内容，比如第五章和第六章，较为单薄。

1月30日　星期一，晴

昨天晚上，乘坐东方航空5750航班，于深夜1点抵达昆明机场，晚点了一个多小时，这也是我第一次坐这么晚的飞机。云南省教育厅办公室张伟在机场接我，下榻于云南财经大学专家楼。前年我第一次来昆明时，就住在这里，一个十分舒适、安静的地方。那次还遭遇了地震，但愿2012年天下太平。

今天上午9点半起来，到财大校园里转了一圈，云南的阳光明亮得晃眼，天气比长沙暖和多了。

体会和学习云南教育，尤其是拜崇敏厅长为师，是我人生中的荣幸，但又让我觉得十分惭愧。我学得不够好，不够细致和扎实，一直没出成果。好在还可以继续努力。

早晨收到庭坚的短信："写给2012——从今天起，做一个更简单的人，不沉溺，不自扰。开朗，坚韧，对人真诚。坦然，宽容，微笑过往。多看书，看好书。少吃点，吃好点。仰望远方，放飞梦想。"

这段话写得好。见贤思齐，我也要把这段话，当作2012年的座右铭。

2月19日　星期日，阴雨

上周五，收到郭枫老师从台北寄来的厚厚的包裹，里面是《新地》文学杂志2011年全年四册。其中秋季号刊发了我的小说《去武汉》，冬季号刊发了我的另一篇小说《梦中人》。

冬季号扉页是有关“第一届两岸民族文学交流暨学术讨论会”的报道。与会的台湾作家中，2004年春天我赴台湾参加两岸诗学讨论会，见过席慕蓉女士一面；大陆与会作家中，瑶族的黄爱平先生是我的朋友，现在湖南省文联工作。

头条是郭枫老师写的社论《请给我们一部真实的台湾文学史》。该文立意很高，说的是文学，谈的是思想，是文人如何真实面对文学的问题。当下文坛之所以晦暗，文学史的残缺与迷失，也是一个重要原因。

2月25日 星期六，多云

去年7月，移居加拿大的作家薛忆沩回长沙，我们在河西谷山村他舅舅家会面，我为此写了一篇博文:《谷山村会晤薛忆沩》。没想到，这篇日记引起了远在英国伦敦一位女士的注意，她特意为此在天涯社区注册，经常光临“昕孺阁”。我当时并不知情。今年1月，收到她在网站的留言，让我大吃一惊。原来，她也姓吴，名莉莉。

这还不算，莉莉还是我在长沙县九中的学姐，她上的45班，我读的是60班，除了有过共同的老师，如吴亮华、朱复云等，我们在九中没有过交集。

这还不算，莉莉1989年到1990年曾在湖南师范大学教务处工作。而这个时间段，我正好在《湖南师大报》当编辑。编辑部与教务处是正对门。也就是说，这两年我们曾面对面地在一起工作过，却不相识。莉莉说，吴亮华老师当时说起过我在师大报工作，她也曾来找过我，但我不在。后来，她就忙于出国了。

莉莉和薛忆沩的姐姐忆莎是好朋友，忆沩去伦敦看望姐姐，忆莎介绍忆沩给爱好文学、业余写作的莉莉。所以，我写在谷山村会晤薛忆沩的博文才引起了她的注意。前天，莉莉发给我她写的《初见忆沩的印象》，行文从容生动、细节描写精到，既写出了忆沩的性格特征，也写出了作者自己的文字气质。

3月10日 星期六，雨

前天中午，接过一个陌生电话，原来是野狐打过来的。我以为他在衡阳，原来他只是衡阳人，一直在长沙工作，工作地点离教育报刊社相隔咫尺，走路十分钟能到，他和我的同事黄耀红君是好朋友，从他那里得到我的号码。他说:《刺客》要是署名“吴新宇”，我早就知道是你，你署个“吴昕孺”，我还以为突然冒出来一个作家。原来，1992年我们租了总工会招待所办《湖南教育报》时，他去玩过，但我什么印象也没有了。

昨天中午，耀红说要请野狐吃饭，邀我作陪，我又喊了熊棕、二喜、文培。野狐本名胡李平，职业医生，据说研究慢性病的防与治。他为我的小说《刺客》写的大评，把这篇小说搞得很火。长沙吃喝玩乐网转载时，称之为“红透了的长沙本地小说”。野狐说，想把它拍成电影。我说，全权交给你。祝愿他能成功。

他送了一本他的《狼虎之年》给我，河南出版社出版，在新浪网上点击过千万。阎真在序言中称他为一个“虔敬的作者”，我从他谈小说也能感觉到他对文学的用心。有趣的是，第二章名为《梦中人》，我正好也有一篇同名的短篇小说。

3月11日 星期日，晴

一笑带我和他的陈姐去他爸爸那座闻名中国读书界的书楼——近楼。一笑的爸爸，我们叫国梁兄，国内读书界、文学界同仁经常喊他“胡子”或者“大胡子”。国梁那把蓄谋已久的大胡子确乎早已成为长沙文化的名片。

国梁40岁以前，以新乡土诗著称，他和江堤、陈惠芳创立的“新乡土诗派”享誉全国。国梁兄在日记中说，有一篇谈“中国百年新诗流派”的文章，将中国百年的新诗分成23个流派，“新乡土诗派”排在第20位。感谢国梁与江堤兄的抬爱，我毕业之后由校园诗人迅速转型成“新乡土诗派”的一员。

国梁40岁以后，以读书、编书、藏书著称，一跃成为湖南乃至全国少有的优质读书种子。高达四层的近楼位于湘江、浏阳河、捞刀河三河交界处，因近水而名之。国梁兄不像一般读书人那样，建了房或买了房，把其中一间装饰一下，做个书房，昕蓊阁就是此类通用书房。国梁则是将他的四层楼房全部修成书房，所以别人的是书房，他的只能叫书楼。

外观很不起眼，夹杂在其他居民楼中，看不出异禀。门一打开，胡子后面高及屋顶的连排书柜真让人震撼。二楼、三楼、四楼，环堵皆书，兼之以各处悬挂的名人书画，无愧于现代都市里的桃源仙境。何谓坐拥书城，今日一见，才知世上真有号令“千卷万码”的统帅，真有享受“千钟良粟”的书虫！

在三楼喝茶、聊天、赏画。国梁的钢笔画颇似波斯的细密画，精致谐趣，充满着毕加索式的现代气息。树根可以是一个人头，砖头可以当作眼镜，说别开生面，毫不为过。

一笑拿出铁观音、龙井等，但总觉得茶香不如书香。茶烟袅袅之际，架上团结紧张的册页间，仿佛会有生动活泼的仙子飘然而下。数小时弹指一挥，时间的触角已悄然伸至夜的最深处。

3月14日　星期三，阴

一个月前，萧金鉴老师打电话给我，说他又病了，这次病得比较厉害。我没想那么多，说您要好好静养，多多保重。他惦记着去年在温州开读书年会时借我的300元钱，说不能亲自送过来，只能寄了。我说，那不要紧，下次见面您再给我。但，他还是把那300元钱寄过来了。

早几天去近楼拜访国梁，谈及萧老师，国梁的儿子一笑插话说，他跟爸爸去看了萧老师，癌症晚期，只有几个月时间了，他还在想着要出一本自己写的书。我听了大吃一惊。萧老师的身体一直不大好，但他摇摇晃晃地总能挺过来，怎么一下就……

昨日，广东东莞《悦读时代》主编徐玉福先生也在邮件中问及萧老师的情况："听说萧金鉴老师在长沙病重，将不久于人世，不知确否？"我读之如遭电击，赶紧打萧老师的手机，估计是师母接了。她说，萧老师住进了医院，除了水，已吃不进任何东西。

我知道，无论多忙，都不能拖了。今天中午，我坐公交车到南大路，找到建设医院，见到了萧老师。他躺在病床上，正在输液，头脑清醒，但没有精神说话。脸部消瘦，眼睑浮肿，握着我的手，又无力垂下。每呼吸一下，喉咙里发出很大的声音，显得很费劲。旁边床上，摆着他正在终校的书稿。

写了一辈子，出唯一的一本书，还在校对。

我坐了会，和他的大儿子聊聊天，不敢和他多说话，只说玉福、礼阳等读书人问他好。他点点头，回了句"谢谢"。

呜呼，再也不会接到那个老头的电话："新宇同志，我的杂志要稿子，快发点你的大作给我。"

呜呼，那个老头再也不会跑到报刊社，敲开我办公室的门："喂，我晓得你这里又会有你看过的报刊，不要丢了，统统给我。"

呜呼，下次民间读书年会，我们将看不到那个老头的身影了。我和他一起到内蒙古草原，一起到温州，一起和邹农耕策划

《文笔》杂志。

我向他道别，他伸出手。他的手白如一纸，我轻轻地捏了捏……

3月16日 星期五，雨

昨天中午，耀红在兴汉食府请伟国、柳理、敏华、玲娟吃饭，邀我作陪。伟国号称“老狼”。这匹老狼可不是独狼，而是组织了一个狼群。据说，那个狼群里尽是才子佳人，其中包括我们“为先在线”的诸多美女博主。

柳理乃教育电视台“湖湘讲坛”制片人，湖湘文化的传承者。让人自豪的是，如此人才，也产自我们长沙县。我第一次见柳理，应该是在白沙井旁一个茶馆，复生安排的活动。当时我觉得他酷似耀红，但不知怎地，他们俩坐在一起，就没那么像了。

锦心绣口的唐玲娟是耀红一手培养出来的才女，文章端的了得。她的童诗教学更是引人注目，她所在的树木岭学校，是长沙市唯一一个专门开办了童诗课的学校，好多学校想效仿，都因为缺少一个像唐玲娟这样的老师而望树木岭兴叹。

玲娟讲了这么一个故事。长沙市规定全市中小学生都要写“学雷锋日记”，他们学校自然也要作出安排，要求每个学生回家写一篇学雷锋日记。第二天检查的时候，有一个女同学交上来一页白纸——她的日记是空的。

老师问：你的日记怎么是空的呀？

学生答：老师，我昨天在马路上站了两个小时，那些老人都不需要我搀扶他们过马路，我一件好事也没做成，所以……

玲娟他们几个老师觉得这很不错呵，学雷锋首先就要学他的真诚，说真话，做真人。这样的空白日记难道不值得宣传吗？于是，他们请来某电视台记者。记者听说有学雷锋典型，兴冲冲地跑过来，拍了回去后打来电话，说，这个不能播。

于是，引出时下怎么学雷锋的话题。雷锋是个好人，要学，也值得学。但作为21世纪的公民，究竟应该怎样学雷锋呢？我完全同意玲娟他们几个老师的意见：首先要学雷锋的真诚——

不说假话，不做假事，除了学生不写假日记，扩而广之，老师不搞假活动，校长不写假总结，财务不做假报表，审计不造假数据，记者不写假新闻，下级不弄假汇报，领导不做假报告，政府不出假政策……

一个假人，绝不可能会是一个好人，顶多是一伪君子。

一个造假的社会，绝不可能是一个好的社会，顶多粉饰太平。

学生的空白日记不值得报道，是因为这个社会已经假得不可救药了。如果学雷锋，都来造假，我想，雷锋九泉之下也不会瞑目。

3月24日　星期六，阴

昨天，久雨的长沙终于露出笑脸，出太阳了。随即，由湖南教育报刊社为先在线网、《湖南教育》杂志社主办的“面朝书海，春暖花开——首届湖湘教师读书论坛”在湖南师大国际学术报告厅隆重开幕，来自全省各地350名中小学老师参加了这一盛会。

今天的重头戏是我的老校长张楚廷教授作“读书与批判性”的学术报告。春节期间，我在云南学习、采访，罗崇敏先生告诉我，他在履职云南省教育厅长前夕，认真研读过张楚廷的《教育哲学》，十分服膺。在上世纪80年代，张楚廷与武汉大学校长刘道玉，是国内屈指可数的认识教育本质并具有教育前瞻性的大学校长之一。

张校长开讲了，依然是他的节奏，缓缓开场，慢慢入境，乍听仿佛他没什么可讲似的；不料听着听着，渐感峰回路转、花明柳暗；再听，则宛如奇峰扑面，应接不暇。试尝其鼎之一脔：

张校长说，对于教育来说，与时俱进是远远不够的。与时俱进只适合政界和商界，不适合教育。教育一方面要超越时代，引领时代，另一方面它又是保守的，要守住自己的文化血脉，守住自己的学术传统。

真正的知识分子应该敢于批判政府，真正先进的政府应该欢迎知识分子的批判。

邓小平有关教育的论断："教育要面向现代化，面向世界，面向未来。"这三个面向没有错，但也远远不够，这三个面向全是面向外部，独独无视人的内部，无视人自身，教育首先应该面向人的发展。

当有人问他，怎样才能当好一名校长时。他的回答智慧而幽默："当得不像校长了就是好校长。"

3 月 30 日　星期五，雨

蒋建伟寄来他主编的《2011 我最喜爱的散文》，大众文艺出版社 2012 年 1 月出版，拙作《城市笔记》被收入"囊"中。

目前，中国文学在整体上处于低位横盘阶段。新文学经过百年历练，依然在不断地探索，并试图取得突破。但由于强大的公务语言与套话作文的干预，文学语言远未成熟，大部分以"作家""诗人"自居者却写不出像模像样的文学语言来。在当下文学诸体裁中，最火的是散文，这可以从网络论坛上窥见一斑；但散文也是语言滞涩、思维僵化的重灾区。建伟兄每年编选读者最喜爱的散文，矢志于倡导散文写作的创新精神，难能可贵。

4月17日　星期二，雨

犹记2009年盛夏，我的齐鲁之行，特别是在淄博与袁滨、广袖等把酒谈诗，游历聊斋；在新泰与阿滢、石灵等品茶赏书，登临莲花、徂徕；在济南与自牧、明祥等举觞叙旧，遍访名泉。

很多地方，不去就不知道那里的风物人情，比如淄博，既是当年齐国都城临淄的所在地，又是闻名天下的"旱码头"。恕我无知，我是到了淄博后才知道'旱码头'这个名称的。此前，有个同名的电视连续剧，但我没看过，也没听说过。在后来写作的《山东十城记 · 淄博》中，我说：

"第二天我才知道，好友袁滨把我安排在国画宾馆有着良苦用心，宾馆对面即是闻名天下的"旱码头"——周村古商城。明末清初时，周村作为商业名镇，与中国南方的佛山、景德镇、朱仙镇一起，成为无水路相通的全国四大旱码头之一。最让人惊喜的是，周村古商城保护得相当好，这里曾经是《活着》《闯关东》《大染坊》《旱码头》等电影和电视剧的拍摄地。我深夜与喝下十来瓶啤酒的袁滨在那里散步，清晨又独自泡了进去，我对那里有一种迷恋的感觉。"

于是，我也有机会读到袁滨兄担任副主编的《旱码头》杂志，并成为它的作者。前日，收到《旱码头》2012年第1期，我的短篇小说《阳春》忝列头条，倍感荣幸。

《旱码头》兼具地域特色与精品意识，本期既有体现周村聊斋文化与商埠文化的《且居室主》《周村丝绸赋》《周村大街之旅》《记忆周村》《映像蒲松龄》等力作，还有知名作家曹文轩、韩石山的美文，还有国内知名读书种子徐雁、安武林、葛筱强、阿滢、冯传友等的大作，仿佛一桌品色多样、味道精美的盛宴。

4月18日　星期三，阴

常德女诗人陈小玲的诗歌曾让我眼睛一亮，几天前收到她的诗集《孤单的草垛》，系统读了她一些作品，于是，一个潜伏在民间草根浅吟低唱的小女子形象便跃入我的脑海。我曾批评过小女子散文，因其局促，浮泛，浅薄；小玲的小女子诗歌却让我喜欢，因其大方、朴素、清新。

我没见过小玲，没通过话，不知道现实生活中她的状态如何，但她在诗歌中，是一个自由的精灵。唯其孤单，所以自由，在自由的诗行中呈现自己任性、执著而又淡定、空灵的一面。比如在《如果生命还有轮回》中，她说：

> “我认真想过了 / 如果生命还有轮回 / 来世，我不写诗，不做女人 / 我不做蒲公英，风一吹，就漫天招摇 / 我不做玫瑰，以爱情的名义存活一生 / 成全我吧，让我做一株满身是刺的苍耳 / 一生只开一次自己看得见的花朵 / 让所有见到我的人，都指责我 / 偿还我今生欠下的，与祸害过的人。”

在《我的皮箱丢了》一诗中，她说：

> “我的皮箱丢了 / 我的背带裤、牛仔服也丢了 / 那几本诗集，深红色的日记也全都丢了 / 我不知道，我把它们丢在生命的哪一个路口 / 如果疼我，就帮帮我，把它们找回来。”

我在网上给小玲提过一次建议，希望她不要陷入模式化写作，尤其写短章，一定要宕开些，尽量避免写成宋人小令那样的东西。这可能是小玲在日后的诗歌创作中，需要去突破的地方。

4月28日　星期六，晴

昨天下午4点，南方日报文化副刊新闻工作室主任、80后代表作家之一李傻傻同学从广州来到长沙，与潇湘晨报和湖南教育报刊社《小学生导刊》商谈“小学生诗歌节”事宜。晚上6点半，复生在白沙路简牍博物馆一楼“城外驿”餐馆一号包厢，邀约《小学生导刊》的两位掌门邓湘子和皮朝晖、湘教公司编务总监魏斌、三湘都市报副刊中心编辑李婷婷、长沙晚报资深记者任波一起聚餐，为傻傻接风洗尘。我有幸作陪。

席间，我们对南方日报搞一个“小学生诗歌节”的由来颇感兴趣。傻傻说，三年前，广州曾经有过一次小学生诗歌比赛，他作为记者前去采访，发现获奖的小学生诗歌大多是主题先行的作品，调子高得吓人。他觉得很奇怪，显然，老师和家长对孩子的作品进行了干预，甚至修改。这些作品应该不是孩子们想真心表达的东西，那么，原生态的小学生诗歌会是个什么样子？读中学时就喜欢写诗的李傻傻向报社提议，我们自己来组织一个“小学生诗歌节”，选出我们心目中最好的孩子们的作品，以此来影响成人世界对孩子的认识，对诗歌的认识。

广州的气度就是不一样，他们说干就干。2010年，南方日报在全国首创小学生诗歌节。这样一个面向小学生的活动，当时的广东省委书记汪洋竟两次作出批示，所以一年后，诗歌节就被列为广东省建设文化强省十项工程细化项目和广东省14项重大文化品牌节庆活动之一，升格为广东省委宣传部和省教育厅主办，南方报业传媒集团和广东省作协承办，南方日报派出专人负责的诗歌节活动。

2011年诗歌节收到参赛作品两万多首，涵括了广东省21个地市和全国除西藏、港澳台之外的绝大部分省份，并引起著名诗人北岛、舒婷，著名作家贾平凹、毕淑敏，著名导演贾樟柯，著名钢琴家郎朗的关注，名人的微博纷纷转发这些孩子们的作品，惊叹孩子们绝妙的想象和非凡的天赋。

4月30日　星期一，晴

兴玲走了。4月29日凌晨4点44分，不堪病魔折磨的唐兴玲溘然长逝。兴玲是一名优秀的诗人。她的创作水准与她的名气并不相称。兴玲的去世，与2003年江堤的去世，都是湖南诗坛的重大损失。江堤当年病逝，直接造成影响全国的新乡土诗派解体；而唐兴玲的离去，让湖南乃至中国当代失去了一名真正具有创作分量的女诗人。正如远人所说，我们平时跟兴玲交往，从来没觉得她是女孩，我们一直当她是哥儿们。这句话同样可以用来评价兴玲的诗歌，至少我本人，从没将兴玲当作“女诗人”中的一员，她是优秀诗人群体中的重要一员，而不仅是一名女诗人。兴玲的诗歌，颇似明末清初女诗人柳如是的风格，蕴藉中透露豪迈，优婉间卓然风骨。她发表的作品并不多，但她的天分与创作成绩毋庸置疑。虽然低调，兴玲却积极参加各种诗歌活动，她是滑动门诗歌网站的创始人之一，是湖南“6+0”诗歌团体的主要成员，也是诗屋“好诗主义”诗歌流派的一位代表诗人。她曾组织和主持“潇湘诗语”朗诵会、“湘江诗会”、“中秋诗会”、“我与春天有个约会”等诗歌活动，参与者甚众。现在想来，非常惭愧的是，作为相识二十来年的诗友，我们对兴玲关心得很不够。我不知道她是先天性心脏病患者，不知道她冒着生命危险生下了小孩，不知道她有那么不堪的婚姻生活，不知道她一直有多么难……

兴玲走了，现实是残酷的，2012是残酷的。昨天复生打来电话，他要组织一次兴玲诗歌的专题朗诵会。我说，我一定会参加。我相信，诗歌永在，兴玲也会永远和我们在一起。

5 月 16 日　星期三，晴

《万通 · 生活家》组织了一场 2012 年春季悦读会，请《人民文学》主编李敬泽担任主讲。李敬泽演讲的主题是：今天，我们还要不要读小说?

李敬泽说，真正的好小说是关于沉默的。那些小说能说出我心里想说，却又说不出的东西，说出了横亘在我的生命里，但我无法言喻的东西。这份心事，这种复杂的感受，这生命的疼痛与苍茫，正是现实社会中“沉默无言的区域”。

小说是以言的过程昭示无言的结局，以说的精致寓含不说的精微，所以这种文体叫“小说”。洋洋数百万篇幅也叫“小说”，一个“小”字道尽小说之妙。

小说是没有实用性的，不能当饭吃，不能做衣穿，它只能让我们体会和领悟生命中的虚、无、静。如果生命中只有有，没有无；只有实，没有虚；只有动，没有静，那它就会逼得我们“狼奔豕突”，就会造就不健康、不幸福、不正常的生活。

“在这个时代有很多好看的小说，像网络上一写就是几百万字，可以很轻松地杀时间。但也许我们可以试着看看另一种小说，让你觉得有点不安，换一副眼光打量我们天经地义、密不透风的生活。这样的小说，会给我们提供一点精神上的余地。”

生活的最大悲哀正是：不给精神世界留一丝余地。

6 月 1 日　星期五，雨

一个多月前，忆沩来电话，说他不久将从加拿大蒙特利尔回国，在北京、上海有一系列文学活动，5 月底到长沙。我说，你在北京、上海的文学活动同样可以在长沙开展呵。他说，那你就安排吧。于是，我联系湖南师大图书馆鄢朝晖书记。朝晖一听，拍手称好。忆沩的讲学就定于5月31日晚7点，在师大图书馆报告厅举行。

后来，新结识的文友冯新平先生发邮件告诉我，上海三家出版社同时出版薛忆沩五种不同门类的书:《遗弃》《不肯离去的海豚》(上海文艺出版社);《文学的祖国》《一个时代的副本》(上海三联书店);《与马可·波罗同行——读〈看不见的城市〉》(华东师范大学出版社)。昨天忆沩告诉我，这是上海出版界1949年以来的第一次。

忆沩29号到了长沙，而我29号正好出差郴州，昨天在返回的路上很着急，因为现在到处修路，堵车严重。还好，中午我赶回了单位，而上午，忆沩在接受《三湘都市报》优秀女诗人李婷婷的专访。

下午4点，忆沩从美术出版社到了我办公室，聊了他在北京、上海举行新书发布会暨与媒体、读者见面会的盛况。4点半，朝晖、刘主任开车来接我们去湘江边一家餐馆吃饭，罗馆长也来了。6点半，戴海、刘晓清老师在图书馆门口等着我们。我和忆沩相识就是戴老师引荐的，这样的活动怎能没有老师的捧场呢。

7点，准时开始。我奉朝晖书记所托，临时充当了主持人。我先把戴老师请上来，让他向在座的听众介绍忆沩，戴老师说忆沩是一个“人才的标本”，是值得教育专家来研究的一个对象。然后，我说了几句我与忆沩的机缘。

2006年，忆沩出版小说集《流动的房间》，我写了一个评论《惦念是最好的安魂曲》，其中第一句是:“在中国当代小说家中，薛忆沩是一个迷人的异类。”该文2006年8月在《南方周末》节选发表，后在《纽约时报》、台湾《新地》、天涯读书周刊等媒体刊载，“迷人的异类”这个词便成为中国文学界与评论界对薛忆沩的一致评价。

接下来，是忆沩的讲学。忆沩并不擅长在公共场合演讲，事前我和戴老师都为他捏把汗。戴老师还在贵宾休息室对他进行了为时十分钟左右的火线速成训练。不料，忆沩聪明地采取了他最拿手的方式：聊天。他将新出版的五本书摆在桌上，一本本叙述这些书后面的“故事”，边讲边读。效果出乎意料的好，他的单纯、真诚和智慧，在一种沉静而热烈的交流中，开出朵朵会心的花来。长时间的掌声和同学们锲而不舍的提问，说明了一切。

忆沩的新书大约两周后上市，他拿来讲学的书都是出版社赶制出来的“快样”。他送了我一本《与马可 · 波罗同行》。他告诉我，这本书是他的一个奇迹。

6月8日　星期五，晴

沉茵，青岛女诗人。早些年她曾是欧阳白主持的诗屋论坛的一员干将，为人心直口快，直欲压倒须眉；写诗明晓畅快，时有蕴藉之风。如她写的“两句诗”中有一首诗《云南的云》：“云南的云很低 / 抬手就能抓到于坚。”从2008年起，沉茵几乎以一己之力，创办《诗春秋》，迄今已四年。蒙沉茵青眼相加，我知道拙作多次入选该刊，但遗憾的是，我从未收到过样刊，心里念念不忘。早些天，沉茵一口气将已出版的《诗春秋》所有期次全部寄了给我，让我喜出望外。

《诗春秋》小开本，做得很洋气，被称为“中国第一本袖珍诗刊”。开本虽小，内容却很丰富，编得也很大气。先说丰富：除了诗歌，还有散文诗、诗评、诗论、诗歌随笔和译诗，译诗还有中外互译，这都是在其他民间诗刊中难以见到的。再说大气：

一本小小的杂志，每期能花四五十个版面重点推出一位诗人，比如2010年秋季版推出郑小琼、2011年春季版推出耿翔等；每期杂志都用大量篇幅刊发18～22岁这个区间的年轻诗人的作品，2012年春季号就有一组高中生的诗歌作品，清新动人。不管《诗春秋》能够坚持多久，我觉得，它这种对诗歌的担当是值得钦佩的。

6月9日　星期六，晴

今年高考刚过，湖南诗人聂沛一夜之间成为“红人”，因为他的诗歌《手握一滴水》成为四川省高考作文题。奇怪的是，新诗可以成为高考作文材料乃至题目，却一直是高考作文被禁止的写作方式。中国的大中小学教材中都有诗歌，而且比例不小，中国的应试教育却毫不留情地将诗歌排除在外。

其实，对于中小学作文而言，题目本身没有什么意义，各级各类考试作文也不例外。作文是必然的，年年都有，题目的偶然性太大，它说明不了任何问题。但从它身上折射出来的作文教学问题，则事关重大，值得探究。我曾写过对一篇高考作文的思考，谈到作文教学中模式化、成人化、公文化等种种痼疾，谈到当前励志文学对中小学作文的戕害。从2012年高考作文来看，这两个现象依然十分严重。

全国卷乃至各省卷的作文题十有八九是材料作文。应该说，相对于命题作文，材料作文有它的特点，它更为开放，可能性更多，更能看到不一样的作文。但问题是，在我们目前的应试环境下，随你如何精彩的作文材料，也很难看到不一样的作文。考试前，老师为学生们苦心积虑做出的各种准备，都是为了让他们写出同一种模式的“高分作文”。所以，应试作文教学大大消解了材料作文的开放性，那去关注高考作文题又有什么意义呢？

其次，看看我们高考作文题中的那些材料，大多数是励志主题的。全国卷的“放下顾虑”，北京的“火车巡逻员的故事”，天津的“清水还是浊水”，广东的“生活时代”，江西的“你拥有什么”，安徽的“梯子不用时请横着放”，新课标的“举手之劳”，上海的“曾被舍弃的微光”，重庆的“拯救冷库工人”，湖北的“科技的利与弊”，辽宁的“大隐隐于‘乐’”，四川的“手握一滴水”、湖南的“手”等，再加上江苏与浙江的命题作文，一个是《忧与爱》，一个是《坐在路边鼓掌的人》，概莫能外——没有一个作文题或者作文材料，是摒弃励志或道德暗示，完全去激发孩子想象力与创造力的。

从高考作文题可以看到我们的作文教学，很早就让孩子们成人化——他们很早就失去了自己的语言，失去了自己的思维，甚至失去了自己的要求。他们必须按照家长、老师等成人世界的想法说话、行事、作文。他们必须写出在他们这个年龄段尚无法真正领悟、又被迫接受的、虚假的作文，然后奉献给未来一个虚假的世界。

6 月 12 日　星期二，雨

昨天中午近 1 点，欧阳白去火车站接了江苏诗人清荷铃子后，再到彭家井接我，一起前往常德参加第六届中国诗人节。2 点多，到了白兄的老家宁乡县城，我们到无名粉店吃了午餐，继续赶路。因高速修路一直走国道，国道风景甚好，两边高大浓密的梧桐让远到而来的清荷铃子惊叹不已。下午 5 点到常德市国际大酒店，诗人陈小玲在大厅等着我们，她负责接待长沙的几位诗人。

第一次见小玲，但大家都很熟悉了。我在博客上曾多次表扬她的诗歌，常德的诗友们似乎都知道这事。接着，常德的几位女诗人纷纷跃入我的眼帘：谈雅丽、邓朝晖、唐益红、高玲等。现在常德晚报任职的高玲，是我担任《湖南教育报》副刊时的作者。她说，她那时还在湘潭大学读书，她投来的作品竟然发在教育报副刊的头条。我说，那是你的实力使然。

唐朝晖、谭克修、远人、罗鹿鸣、龚道国、起伦、冯明德、修客、李志高、太阿等老朋友都到了。见到了20年前曾在南京笔会上指导过我的《诗刊》社周所同老师，他还是那么帅，只是更为平和，似乎信佛了。晚饭后，集体坐车到常德市工人文化宫参加开幕式。开幕式有一台富有常德特色的节目，让我知道了，原来刘海砍樵、孟姜女、囊萤夜读等故事和传说都来自常德这个地方。

今天上午8点半，参加在顶贯天逸大酒店举行的“诗歌高峰论坛”。《诗刊》副主编冯秋子老师见到我的牌子，过来握着我的手说：“昕孺，我们见面了！”2008年，她主持《文艺报》副刊时，刊发过我两首写汶川地震的十五行诗，诗歌是四川散文家周闻道先生推荐的。冯秋子，一袭白衣，蓄着两只辫子，素面淡颜，温言煦语，像一首静静移动的诗。

诗歌高峰论坛由《诗刊》副主编商震主持，几位鲁迅文学奖“诗歌奖”获得者做了发言。我喜欢傅天琳的纯真、韩作荣的坦诚、雷平阳的悲悯、娜夜的率直。我对欧阳白说，从发言大致可以看出他们各自的诗歌水准。

6月24日　星期日，多云

湖南70后作家中，有闻名全国的“湘军五少将”。其中，我最熟悉的无疑是彬彬儒雅、帅气十足的谢宗玉。因为同城，所以我沾的光也多些。住在岳阳的沈念，联系得较多，通过电话，互相约过稿，但始终没有见面，大约也可以算得上老朋友了。相反，住在凤凰的田耳，我们见过一面，一起吃过饭，但并不熟络，当然这并不妨碍我喜欢他的小说《衣钵》。另一位住在湘西的小说家于怀岸则更为陌生。这里要特别提到的是邵阳作家马笑泉，我们没有见过，联系得也不多。几个月前，他在《邵阳日报》副刊发表了我一篇写崀山的旧作，我收到样报后去信感谢；前不久，收到他寄来的由宁夏人民出版社出版的诗集《三种向度》。但其实，我早就在关注马笑泉了——他是“五少将”中唯一一位写诗的作家。

笑泉写诗，最早我是听邵阳女诗人尘子说的。尘子还告诉我，笑泉的母亲就是一名诗人。作为一名诗歌爱好者，我自然关注起笑泉写的诗歌来，虽然他是一位以小说名世的作家。2008年5月，我在为周公度主编的《诗选刊》下半月版撰写《湖南诗人与历代书院分布》时，特意将笑泉收录进去。那时，我读笑泉的诗歌还很少。2011年，李晃主编《湖南青年诗选》，我读到了笑泉的两首诗，并在一篇评论中写道：“没想到，他入选的两首诗《我们》和《乌鸦》都非常好，他大约是五虎中诗歌写得最好的。”

读过《三种向度》之后，我觉得，笑泉不仅是五虎中诗歌写得最好的，即便单独把他作为一个诗人来看，他也是非常优秀的。比如他写《冬天》：“忍受内心的寒冷 / 换取天空与大地的干净 / 并非它之全部蕴藏 / 更深刻的意义 / 隐藏在 / 孤峰之巅晶莹闪耀的部分 / 那是卡夫卡或者鲁迅的冬天 / 昭示着人类 / 一些朴素的法则：/ 节制、冷静和深入……”

我曾经写过一首冬天，我说冬天的冷是另一种温暖。笑泉的意思则是，冷是一种朴素的法则，它能引领人类走向巅峰。我登过天山、祁连山的雪峰，眺望过唐古拉山主峰和珠穆朗玛峰，笑泉的诗句我自然能心领神会。更何况，卡夫卡和鲁迅的作品比自然风物更能让我们惊叹那“孤峰之巅晶莹闪耀的部分”。

6月26日 星期二，阴

《中国工人》杂志第6期，胡宏梅女士责编的“工人心声”专栏看出了我的泪水。这个专栏只有一篇文章：李大君先生采写的《大工地诗歌节——建造建造者的尊严》。说的是，“2012年5月1日，公益组织北京行在人间文化发展中心与劳工志愿服务组织安全帽志愿服务队在北京举办了一场专门以建筑业农民工为主题的大工地诗歌节”。这段话不容易读顺，简单地说，就是某公益组织在北京为建筑业农民工组织了一场诗歌朗诵会。

我觉得，这真是一个很好的活动，建筑本就是一首凝固的诗，建筑业农民工理所当然都是才华出众的诗人。何况，在当下中国，他们集最尴尬的身份、最辛劳的工作、最割舍不下的乡愁于一身，他们的诗歌作品，不是“积劳成句”，便是“蚌病成珠”。

山东建筑工友王运朋有一首自嘲诗写道：“冷眼斜视是世风，莫道不与往日同。自慰身份得巨变，盲流变成农民工。”

工友释蒿的《暮归》颇有晚唐风范：“日落暮色浓，收工归帐篷。风来知了乱，草里蟋蟀鸣。悠悠胡琴荡，渐渐同乡逢。谈唱不知时，衣衫觉露重。”

最让我震撼的是河北工友谢仲成的长诗《冷眼》，不惜全部摘录如下：

“经济已成鸦片，金钱蒙蔽双眼，阶级已经淡忘，斗争已成笑谈，一切向钱，向钱。

“剥削的人有了原野沃土，生活的糜烂成为他们的乐园，宽松的环境使他们得意忘形。公开和社会叫板，他们可以张牙舞爪，他们可以肆无忌惮。他们露出的是狰狞的嘴脸，他们干的是害理伤天。他们可以对劳者说：想干就干，不干滚蛋！榨取你们的血汗应该，完工欠薪理所当然。弱者无理可讲，屈者何处申冤，又有哪个敢讨要工钱。看朱门酒肉，有谁知背后隐藏多少辛酸？

“严峻的形势不容乐观，残酷的现实摆在面前，为平等我们必须斗争，为解放我们应该奋战，我们决不允许剥削死灰复燃，我们的呐喊，一定要让剥削者闻风丧胆。朗朗乾坤岂容黑暗，历史车轮怎能倒转，劳动者的飓风行动，既能拨云见日，亦能将世界改变。”

这是大工地诗歌节为社会、为政府、为民众提供的另一种独特的诗歌文本。在这些文本中，建造了无数高楼大厦、楼堂馆所的农民工们，试图建造另一种更具永恒价值的东西——平等与尊严——除了向老板讨要工钱，他们更想努力向这个社会讨要完整的工人身份和公民权利。

他们，能得到吗？李大君文章的结尾一句是：“总有一天，一切颠倒了的，必被颠倒回来。”

6月27日　星期三，多云

前天晚上，薛忆沩从深圳到了长沙。昨天上午，我与复生联系，希望《晨报周刊》能对忆沩做一个专访。复生的回答是：薛忆沩的专访焉能不做！他还在QQ上发来我在2006年6月24日《晨报周刊》写的“昕孺的书籍”，我推荐了三本书，第一本就是薛忆沩的短篇小说集《流动的房间》。

复生安排在曙光北路的pagel咖啡馆招待忆沩。忆沩上午10点多到我办公室，他聊了在深圳的一些文学活动，我看到《深圳特区报》《晶报》《蛇口通信报》等对他新书出版做的专访与大幅报道。这个一直被边缘化的“异类”终于修成正果。

11 点多，三湘都市报编辑李婷婷过来。她写的《薛忆沩：用语言和想象，带我们去看不见的城市》，忆沩很满意。但三湘都市报的《都市周刊》在发表时限于篇幅，作了比较大的删改。婷婷在专访中提到薛忆沩讲的一次很有意思的经历：

> "有一次我去看一个很有名的话剧《推销员之死》，那是首演，亚瑟·米勒自己导演的。我在那里等着买票，突然一个老外给了我一张票，我进去坐下后发现，我前面坐着曹禺先生，旁边坐着丁玲女士。当时位子很空，我的整个这一排就只有我和丁玲两个人，我还和丁玲聊起了长沙。现在回想起来，当时那种氛围给一个十七八岁的少年带来了很大的触动。"

我相信，这样的人生奇遇对一个人未来的走向，其意义不可估量。或者迷信一点地说，这就是一种天意。

12 点，敏华开车，带忆沩、婷婷和我同赴 pagel 咖啡馆，与复生，还有《晨报周刊》的记者孙魁、李林冬见面。复生是第一次见忆沩，但 2006 年通过我的书籍介绍，他对忆沩心仪已久。因此，他现场称我为"文学酵父"。孙魁是《晨报周刊》的名记者，才知道他是山东人，因为喜欢南方留在长沙。李林冬是摄影记者，曾到过我办公室将我发展成为他的模特；他一见到忆沩，就色迷迷地眉开眼笑，眯起一只眼睛对着他"咔嚓"个不停。

我跟忆沩聊了会读书。我们都喜欢马尔克斯，这个很容易理解，马尔克斯在中国没有阅读障碍。但忆沩最喜欢的西方作家是乔伊斯，他反复提到《一个青年艺术家的画像》和《尤利西斯》，这两本书我都没能看得进去。他说，他看的是英文本，语言极为精准、优美。据他所知，《一个青年艺术家的画像》的汉译本也是很不错的。他建议我下决心冲过前面那部分，看到后面就好了。

7月6日　星期五，晴

惠州读书种子周春寄来大著《远去的书声》，由宁夏人民出版社出版。周春的笔名叫周老泉，时常在各类读书报刊上读到他的大作，以为一白发老者，不料却是货真价实的80后人。他走到哪里，便访书访到哪里，读书读到哪里，文章也写到哪里。其才情与勤奋，均拔萃于同龄人。

“几个歪斜欲倒的旧书架，阡陌纵横的旧书，摊着，像砖瓦厂的砖坯。摊子上方是一棵大榕树，长长的胡须，偶随风动。秋风不时吹落几片枯叶，飘落在书上，惹得挑书者蹙眉摇头，或撮起嘴来吹吹，或腾出手来扇扇，为安静的书摊添出一点气息。”

我喜欢这样的文字，让人动心。读书不能读成书虫，买书不能买成书包，藏书不能藏成书橱。读书，要读出自己的真性情来，让一个本色的我行走于天地之间。读书人应该比普通人对世事有更多的敏锐，而不是更迟钝；对现实有更多的关注，而不是逃避；对场景有更多的体贴，而不是麻木。

读周春这本书，加上之前在《悦读时代》上读到春锦的读书日记，再加上时常读到更多的年轻书友的读书文章与著作，我有一个共同的感受，不知对不对。说出来也无妨，供朋友们参考。我觉得，时文读得太多，经典接触有限，写出来的文字不能说不好，有清水炊茶的潇洒，有竹影扫阶的淡雅，却很少能看到别开生面甚至苦心孤诣之处。从某种程度上说，这才是真正的“远去的书声”。

我想，年轻一代书友们应尽可能减少“书场应酬”，你来我往，宾主互换，那种唱和有意义，意义不大；有意思，意思不多。倘能潜心经典，埋首诗书，说不定哪一天，读书种子就能脱胎换骨，跃然而为读书大师。

周春兄为人赤诚，读书专精，潜质无限，故斗胆陈辞。昕孺才浅，又不能免俗，以吾之不能为之事，责之于年轻人，吾已先面红耳热矣。

7月13日　星期五，晴

本月初，湖南大学文学院倡议的、代表湖湘文化精神的《湖湘九章》评选揭晓，分别是：屈原的《湘君》、贾谊的《鹏鸟赋》、陶渊明的《桃花源记》、范仲淹的《岳阳楼记》、周敦颐的《爱莲说》、米芾的《潇湘八景图诗序》、王夫之的《船山记》、杨度的《湖南少年歌》、毛泽东的《沁园春 · 长沙》。

这个结果基本上是靠谱的。当然也会有些争议，比如为什么一定要选九章，十章行不行？还有，是不是每人仅限一篇，一个人有两篇行不行？

像屈原，我觉得选《湘君》不如选《离骚》和《天问》。《离骚》是史诗般的作品，是描写湘楚风物和亲民爱国最有代表性的篇章，《天问》是中国历史上第一部探究人与世界本源的诗歌，这些都是后来湖湘文化“胸怀天下”、“敢为人先”的源头。

如果范围稍大一些，还应有柳宗元《愚溪诗序》的一席之地，它不太为人所知，却是柳宗元写得最好的小品文，无论文学价值还是思想价值，都不亚于《桃花源记》：“夫水，智者乐也。今是溪独见辱于愚，何哉？盖其流甚下，不可以溉灌。又峻急多坻石，大舟不可入也。幽邃浅狭，蛟龙不屑，不能兴云雨，无以利世，而适类于予，然则虽辱而愚之，可也。”“溪虽莫利于世，而善鉴万类，清莹秀澈，锵鸣金石，能使愚者喜笑眷慕，乐而不能去也。予虽不合于俗，亦颇以文墨自慰，漱涤万物，牢笼百态，而无所避之。以愚辞歌愚溪，则茫然而不违，昏然而同归，超鸿蒙，混希夷，寂寥而莫我知也。”

另外，唐代两位大诗人李白、杜甫缺席了。李白的诗中出现“潇湘”的次数极多，他对湖南是很有感情的；杜甫晚年漂泊潭州（长沙古名），最后死在湘江的一条船上。所以，我觉得，李白的《远别离》和杜甫的《发潭州》也是应当考虑的。尤其是李白的《远别离》，比屈原的《湘君》更有说服力，它让潇湘成为忧伤、哀愤的代名词。

7月26日　星期四，晴

死亡似乎是2012年的重大主题。刚从贵州回来，就听说了骇人耳目的“北京大雨”，赶紧发短信给刚去北京工作的彭一笑同学。笑同学说，舅舅你的慰问短信发得也太迟了啊！我说，不是我迟，是雨下得太快了啊！

一场暴雨，让北京死那么多人，真让人不敢相信。但现实往往是由不得你不相信的。

北京市长郭金龙辞职。虽然中国有辞职官员迅速另谋高就的优良传统，但市长辞职依然体现了政府的承担。但愿这种承担不要演变为一种“个人秀”，用个人的职业亏损来为一个效率、效能低下的政府卸责。倘若是这样，那我宁愿相信房山区区长的含泪致歉，我更相信，一个男人的眼泪里面良心与良知的含量。

在北京奥运四周年纪念、伦敦奥运即将开幕之际，这场夺去数十人生命的暴雨，是一场具有标志性意义的大事件。它让我们从城市灾难的背后，看到组织的麻木、社会的怠惰、个人的渺小，以及隐藏在灯红酒绿、繁华富丽中的种种致命杀机。正如笑同学在日记中记载的：“这哪是下雨，分明是下刀子啊！”

是啊，悬在我们头顶的无数刀子，随时可能像雨点般掉落下来。

7月31日　星期二，晴

诗歌在湖南一直不太受到重视。有作家说，湖南最重视的一是小说，尤其是长篇小说，二是儿童文学，三是散文和报告文学，四是文学评论，最后才轮得上诗歌。这种说法既有道理，又不太有道理。有道理是因为它是一种客观事实，不太有道理是因为任何一种文学体裁，包括诗歌，都没有理应受到重视一说。文学创作本质上是一种个体行为，只有写作主体对此重不重视的问题，企望读者、社会以及某些机构的重视，除非两点：一是它本身有着重大的实用价值，比如上世纪80年代初，诗歌对于中国社会思想解放的启蒙，它于是不可思议地红火起来；再比如时下长篇小说获得茅盾文学奖，能给作者、出版商以及当地作协带来巨大的名利效应，因此能引起社会的格外关注。二是它在某个时代达到极高的水准，比如诗歌在唐代、词在宋代、小说在明清两朝，等等，群星灿烂，而且涌现出巨星来，你不重视它都不行。

诗歌在当下，既不实用，又无巨星，欲在时代的大舞台上成为浓墨重彩的主角，宛如白日做梦。然而，这又不代表喜欢诗歌的人少，或者看好诗歌的人少。著名作家谢宗玉把小说、散文、随笔写得出神入化，偶尔弄几句古风应酬一下别人的饭局和山水，基本上不写新诗，但他经常参加湖南诗人举办的各种活动，给湖南诗人们送温暖；入主湖南作家网不久，即大张旗鼓地推出“湖南实力派诗人及其代表作”系列，他对诗歌的一片爱心更是表露无遗。

这个系列出场的第一位诗人是我的偶像匡国泰。国泰兄的诗歌清新、空灵，诗性与智性圆融无碍，他把现代诗写得极具湖湘风格与古典气质，洵为湖南诗歌的旗帜与标杆。我作为第二个出场，就完全不是水平和影响所致，而是宗玉振臂一呼，我交稿最为积极使然。我选的十首所谓代表作分别为：《爱情》《致桠桠》《瘦》《远方》《布达拉宫》《致苇苇之一》《秋天的原野》《采邑》《蝴蝶》《池塘》。我在选择的时候，兼顾自己创作风格与水平的同时，也在很大程度上考虑到网络阅读的特点，尽量呈上一些可读性较强的作品，不知是否能达到目的。

8 月 5 日　星期日，雨

妙不可言姓尹，是一名在德、能、勤、绩上都十分过硬的公务员。但我想不需要太长时间，公务员的身份对于他，就像公司职员之于佩索阿和卡夫卡，根本不值得一提。很多年以后，人们只会知道，妙不可言是一名诗人。

我认识这个竟然可以比我还瘦的家伙若干年了。我一见他就不可抑制地喜欢上了——他是个书痴，对文字有一种异样的敏感和洁癖，任何事情都有自己的见解——这些品质，似乎与一个公务员的本性都格格不入。但他，一直以来，把作为公务员的尹亿民和作为诗人的妙不可言，都打造得像模像样。作为公务员，他低调、沉默、淡定，不求闻达于诸侯；作为诗人，恰恰相反，他充满激情，并且空前地自信，他在诗集《多雨的早晨》的勒口简介是："当代优秀的诗人。"很多操作诗歌这一行当的人也说这句话，于是，这句话往往成为一句笑话。然而，我要告诉大家的是，这句话作为妙不可言的自我鉴定，我认为并没吹多大的牛皮。

妙不可言最先是写小说，他的小说很有特点，技法娴熟，心眼别致，胜过时下大量的故事体小说。后来，在诗屋"好诗主义"的影响下，写起诗来。他曾将一些诗歌初期作品转发到我的博客上，那时我虽然给予他很多褒奖，但对他在这条道上究竟能走多远，心里没底。只是感叹这小子潜质真好，那些整体上还较为平庸的作品，时不时会蹦出一些匪夷所思的奇思丽句，让人觉得妙不可言。

果然，他在初期阶段跋涉了两三年之后，开始登堂入室，其诗突然脱胎换骨，奇丽依旧在，更关键的是，他总是能把诗歌的外在结构与内在节奏把握得恰到好处。我记得他初学写诗时，喜欢铺张，喜欢炫技，喜欢把一些简单的东西写得很复杂。那是公务员的思路，不是诗歌的路数。我对他的信心在于，我知道他根本不是一名喜欢铺张和把事情复杂化的公务员，他当公务员的路子正好与诗歌是合拍的。所以，我相信他能走到正道上来。我没想到的是，他一旦走上正道，就能很快成为这条道上的独特风光。从懂得节制和简单的那一天起，他便俨然具备优秀诗人的风范。这种风范不唯表现在诗歌段落的精短上，其实，当你深谙节制与简单的哲学，哪怕是写长诗，也能做到天机一片。比如，他最近写的长诗《镜中之海》，就将个人与时代、历史与现代、欲望与理想、镜像与实相的种种纠结，表现得一唱三叹。

8 月 14 日　星期二，多云

九月清霜寄来扬之水的新著《物中看画》，清霜担任特约编辑。书很好，小开本，印制精美，图文并茂，定价也不菲。我好奇地问清霜，这种书销量如何？清霜说："《物中看画》这一类的书一直是比较小众的，销量与作者名头关联度很大。扬之水的书首印 4000，发得差不多了，不久就会重印，估计销量在 8000 至 10000 之间。同系列还有几本，但因为作者名头不够响，就只印了 3000，也发完了。"

清霜的回答让我感到欣慰。扬之水的文章清丽秀雅："宋金元时代，装饰和绘画领域雅俗交汇的同时，也开始了雅俗分流。

元代，文人画的风格和题材都发生了重大转变，且以成熟的姿态渐成画坛主流，流风所被，绘画中的叙事性也大为减少，即便人物故事图，艺术语言着重表达的已非故事，而是情趣、意境或似有若无的隐喻了。”真是无一字可以移易。

8月16日　星期四，晴

为捍卫南沙主权，中国成立三沙市，属海南省辖区。上月，李少君发来短信，问能否为南海写诗。我写了两首：《致南海》和《梦南海》。刚从邵阳回来，便收到少君担任编委、符力担任责编的《三沙抒怀》。

《三沙抒怀》系《三沙文丛》之一种。另三种是《三沙纪行》《三沙文物》《三沙掠影》。我想，这套文丛主要是为了印证和确定南海的文化归属。领土有争议，文化是争议不了，也是无可争议的。

《三沙抒怀》收了我的《致南海》。《梦南海》可能因有“将一泡憋得很急的尿 / 从祖国的心脏 / 一路撒到你的脚边”，这个梦做得不太雅，故未能入选。

8月27日　星期一，多云

8月26日，延安客车特大车祸，造成36人死亡。其时，我的妈妈和姐姐正在延安旅游，幸亏我姐带了手机，及时发回短信：“我们平安无事。”否则会把我们急死。这个时候，谁都没法指靠，只好拜托观音，这就叫“救苦救难的观音菩萨”。

最近，人民日报社《大地》副刊主编徐怀谦自杀，成为文学界的热门话题。徐怀谦比我还小一个年头，因患抑郁症于8月22日从家中坠楼自杀。我想，在徐怀谦那样的岗位上，人格分裂是完全可能的，也许不分裂才不正常。有些人就是不能妥协，不妥协你就只能抑郁，对于个体来说，这就是命运。所以有人说，徐怀谦的抑郁是时代的抑郁。我是比较赞同的。

然而，这个时代的抑郁症比任何一个个体都深，都不可救药。如果有哪一天，这个时代终于要跳楼了，大家就跟着一起跳吧。不跳，时代也会把你推下去……

正当此时，收到在庐山避暑的戴海老师的短信："一座山峰就是一个观景台。登上小天池山顶，晴朗时，俯瞰长江天堑，回望牯岭天街，似觉天地小。今天，遇着剪刀峡中的云雾，升腾聚合，把实景化成虚境，叫人仿佛置身九霄。也好，就在天上坐一会儿吧！抖开平日的见闻与印象，什么人间善恶、万物生灭，反倒更显清晰。随即走出云雾，仍记得回家的路。"

我略带怆然地回道："坐虚观实，方得清晰；行远敛内，恰是回家！"

呜呼，天底下有多少不能回家的人啊！

9月5日　星期三，晴

岳阳楼君山景区管理委员会推出的《楼·岛·湖印象——诗歌之旅》，日前由中国文联出版社出版。李元洛老师担任编委会主任，余三定老师为编委之一，主编黄二良，执行主编李刚，我的诗友张灵均、路云担任副主编，另一位副主编是诗人冯六一。

去年，路云向我约稿，我虽然去过洞庭湖、君山，登过岳阳楼，但从没为它们写过诗。路云的约稿使我感到惭愧，于是，我决定为洞庭湖、君山、岳阳楼各写一首诗，标题分别为《洞庭湖》《湘君》《岳阳楼》。前两首蒙沈念推荐，先在《岳阳晚报》副刊发表了。我将三首诗全寄给了路云，《岳阳楼》果然因"一派胡言"而搁浅，刊发在《楼·岛·湖印象——诗歌之旅》中的依然是前面两首。

从这本诗集的诗歌文本来看，现代新诗要出现能与洞庭湖的浩渺、君山的清丽、岳阳楼的壮观相辉映的作品，要出现与深远、厚重的洞庭文化相匹配的作品，仍须诗人们付出更多的赤诚与努力。其实，如果把写洞庭湖、君山、岳阳楼的古诗辑成一册，那一定是中国古代诗人中最为强大的一个群体。现代诗人的问题是，虽然表现方式大为不同，但依然走不出古人的窠臼。我相信，编撰《楼·岛·湖印象——诗歌之旅》将成为诗人重新出发的一个良好开始。

9月6日　星期四，晴

诗人李晃给我寄来《长江诗歌》样报。这是一份出自重庆的民间诗报。

我收到的这期是2012年第11期，总第108期。虽然我是第一次听说并看到这张报纸，但显然它办得颇有些年头了。民间诗报刊坚持下来很不容易，有很多热爱诗歌的幕后英雄在不计回报地坚守、努力，应当向他们致敬和学习。

本期的重头戏自然是占了近一个半版的《本报特稿：湖南省实力派诗人大聚会》，每人发了一首诗，并配上照片和简历。我的作品《拆》和相关材料是李晃推荐过去的。

9月11日　星期二，晴

9·11，只是一个普通的日子；而“9·11事件”却是一桩不寻常的事件。一晃十一年过去了，不，这样的事件永远也不会“过去”。正如丰碑永恒，废墟也是永恒的。

昨天是潇湘晨报袁复生策划的“未曾忘记——湖南抗战老兵肖像展”的最后一天。下午，我匆匆赶过去。所有肖像的摄影师是《晨报周刊》“湖湘地理”栏目的主持人马金辉先生，他踏遍三湘四水那些被人遗忘的旮旯、角落，寻访了百余位 84 岁到 103 岁的抗战老兵，为他们摄像，留下他们的生活记录与宝贵回忆。可以说，每看一张照片，读一段下面的照片说明，我的内心就受到一次冲击与震撼。那些把青春与热血献给了那场爱国战争的人们，虽大多已至耄耋之年，仍依稀可见当年的英气与血性。然而，他们现在绝大多数境遇难堪，生活贫苦，位置尴尬：有的至今住在土改时分的房子里，早已四处透风漏雨；有的文化大革命时惨遭抄家批斗，资料遗失，一直没有解决相关待遇；有的几年前还是黑户；有的孤身一人，与狗为伴；有的遁入空门……

"未曾忘记"这个名字取得好。其实，它是在提示：我们已经忘记了他们。或者说，这个国家已经忘记了他们。日本今天要出台"购买钓鱼岛"的计划，加上南海、台湾海峡等，领土问题将一直是中国未来的核心问题之一。在"未曾忘记"的后面，更重要的潜台词应该是：不能忘记。落后固然要挨打，忘本、忘恩，挨打会挨得更重。

正好最近在读龙应台的《大江大海》，台湾天下杂志出版。书写得很好，客观、公正地呈现了战争的原貌。无论是出于什么名义的战争，受到伤害的总是人民——士兵和老百姓。一次战役的结果，一场战争的胜负，一个国家的建立，其基座是无数受侮辱、受损害乃至献出生命的人。他们中很多人没有留下墓碑，甚至连姓名都没有留下。我们于是有理由忘记他们，顺便把那些健在的幸存者也给忘了。其实，我们是在埋葬一段历史，是在漂白一段记忆。我们不知道的只是，也许在某个时候，不久的未来，或者就是明天，那段历史将重新复活，那段记忆将重新翻开它的页面，我们不得不再次面临献出青春和热血的年代……

9月12日　星期三，晴

几天前，接到欧阳白指示，《湖南诗人》杂志将有一个小型聚会，嘱我参加。昨晚6点，我赶到东塘绿茵阁二楼夏威夷包厢，参加《湖南诗人》编委会成立会。

《湖南诗人》是一本民间刊物，由衡阳诗人郭密林先生创办，我曾有幸读到过几期，并成为它的作者。该杂志以"湖南诗人网"为根据地，以湖南诗人为主要作者资源，面向全国诗界，由于坚持多年，已产生一定的影响力。

我不知道的情况是，这本刊已由衡阳迁至长沙，郭密林退居二线，担任编委会成员，由女诗人邓良萍接任主编一职。迁到长沙后的《湖南诗人》已出了一期，我翻阅了一下，栏目设置基本沿袭以前的框架，但开本由原来的小32开一跃而为大16开，内容和质量较以往更上了一层楼。

我第一次见到良萍，活泼、干练，有亲和力，对诗入迷，对自己的诗充满信心，很适合做这个主编。这次会议的主题，是成立《湖南诗人》杂志编委会。经过讨论，暂时组成了一个11人的编委会：邓良萍、千帆、郭密林、李少君、欧阳白、刘起伦、远人、张吉夫、草树、梦天岚、吴昕孺。

9月13日　星期四，晴

《创作与评论》第8期刊发了我的小说《锅巴黑了》，昨日收到样刊，责任编辑杨晓澜君上周六见过，很谦逊温良的一个小伙子。

《创作与评论》是湖南省文联主办的文学杂志，全国中文核心期刊，以前的刊名叫《理论与创作》，只发文学评论作品，不发原创文学作品。我与《理论与创作》发生过两次关系，一次是2002年第6期，该刊发表了我的《人生最美是婵娟——龚鹏飞诗文读后》，另一次是2007年第1期，刊发了评论家谭五昌先生写的一篇评论《漂亮女大学生成长故事的背后——读吴昕孺长篇小说〈空空洞洞〉》。

从今年起，《理论与创作》改名为《创作与评论》，内容上也变为文学原创与文学评论并重。祝愿《创作与评论》能成为湖南文学的领军期刊。

9月16日　星期日，晴

今天中午，为《戴海村语》作序的24位粉丝、弟子、网友中，在长沙工作的几位，在敏华同学的召集、筹办下，到“好食上”二楼幸运包厢聚餐，计有辛继湘、黄耀红、柳理、刘羊、邓薇、陈敏华、王小杨和我，鹏飞兄和郑艳因出差请假。袁复生，作为我们的朋友、戴老师的粉丝、长沙文化新生代的标杆、下一本《戴海村语》的预定作序人员，从百忙中赶过来。有他的微博为证：

“焦头烂额之际，参加师大戴海老师的戴门聚会，他用一个手机，写了两年微博，结集成了一本《戴海村语》，是我目力所及最年长的微博书作者。来长沙数年，有幸忝列戴门，为人处世，受益良多。”

本次聚餐，多部手机在进行微博直播，也算得上一桩盛事。复生的微博发出后，立即便有三五博友询问他在哪里可以购到《戴海村语》，反应真快啊。

9月28日　星期五，晴

我现在一年写诗较少，大概不到30首吧，发得就更少了，尤其在国内公开出版的“官方杂志”上。但有一本杂志我基本上每年还能亮亮相，那就是中国西部最有影响的诗歌刊物《绿风》

了。

《绿风》的主编曲近，是一名优秀的边塞诗人。上世纪末，我和我的同事李正军去新疆出差，因我的老师戴海在石河子生活、工作了17年，我们特意跑到石河子，带了那里的一瓶泥土回来送给老师做纪念。在石河子，我见到了曲近兄，他像西部一样质朴、宽厚和热情，但身形瘦弱，寡言少语。他请我们吃饭，然后带我们到刚落成不久的艾青博物馆参观，《绿风》编辑部就在馆内，那时它的主编是一名叫石河的老诗人。此后，曲近兄每当出了诗集，就送给我学习。而我发现，不仅他的诗一直保持在很高的水平，近些年散文也写得相当棒。厚积而薄发，曲近兄是一个榜样。

前几天，收到《绿风》第五期，刊发了拙作三首：《一面镜子从天而降》《蝴蝶》《秋天的原野》。

9月29日　星期六，晴

时序进入21世纪以来，世界上发生了许多事，大的有国与国之间的战争，小的有家长里短诸多日常物事。其实，这些事几千年来一直在发生，并不是现在独有的，但哪怕是同样的事，发生在千年前和千年后肯定会有不同的内涵。

于是，几年前，我生发了以词典的形式，为21世纪建立一份档案的想法，陆陆续续写了两三万字，着重探究这个世纪以来人类行为背后的文化特征与心理变化。这样的文字不太可能泛泛而谈，因此很难找到知音。因为难写，所以更难读。因为难写，我写到两三万字的时候就停下了。然后，试探着想为这些篇章找个地方发表一下，听听读者们的意见。毫不意外的是，很少有刊物对这些东西感兴趣。倒是我将它们贴在天涯社区的“散文天下”之后，有一本命名为《心潮》的书，将其收录进去，我在江南雪儿的博客上看到目录，但至今没收到样书，也不知道那书最终出版没有。

还是要感谢《青年文学》，他们在今年第 9 期“现代笔记”栏目刊发了《世纪词典》中的 8 个词条，计有：《界限》《疾病》《譬喻》《抑郁》《死亡》《病人》《宽恕》《速度》。好像一头母猪一窝下了 8 个崽子，内心有一种丰收的喜悦。该刊执行主编唐朝晖在谈到这组随笔时，只说了两个字：“很好。”我不知道这次发表，能否激励我继续将这个系列写下去，但愿有一天，从我的内心能生发这样的力量。

10 月 11 日　星期四，晴

半个小时前，瑞典诺贝尔委员会宣布 2012 年诺贝尔文学奖得主为中国作家莫言，授奖词为：“用魔幻现实主义将民间故事、历史与现代融为一体。”

这当然是一件值得庆贺和高兴的事情。莫言获奖的意义，不言自明。虽然这个奖只是莫言个人的，它只是一个纯个人性的奖项，但它的世界意义与顶级水平依然赢得最为广泛的关注。依仗所谓十多亿读者的民族主义心理，漠视甚至贬损诺贝尔奖的诸公，散发出来的无非是极其浓烈的酸味与戾气。

应该说，莫言这次获奖实至名归。这不是说莫言就是世界上最好的作家，至少我认为世界上比莫言更好而尚未获奖的作家还有奥兹、石黑一雄、卡达莱等。但莫言无疑可以跻身世界优秀作家的行列，他比前几年获奖的高行健、勒克莱其奥、凯尔泰斯·伊姆雷都要好，至少可以与莱辛、戈尔丁之流比肩。

莫言获奖为中国文学赢得了位置和尊严，但这不是说中国当代文学已经达到了世界顶级水平。诺贝尔文学奖奖励了中国作家莫言的天才与勤奋，并没有奖励整个中国当代文学。国内文学界或许很多人都会对莫言获奖不以为然，我希望这种“不以为然”，不是体现为一己的失落，而是真正认识到文学探索的永无止境，真正认识到文学对当代世界不可或缺的作用，真正认识到文学本身的奇妙与沉重。

10 月 13 日　星期六，阴

莫言获奖之后，一时成为中国文坛和社会的热点。看到有记者采访莫言，得到奖金要做什么？莫言说，想在北京买房，买大房子。记者提醒他，750 万奖金在北京也只能买个 120 来平方米的房子。这时，地产大佬潘石屹还不忘插科打诨地问道：“有北京户口吗？”

我不知道这是不是段子。看上去似乎不是，是新闻报道。

既如此，那么我们可以想见，中国最优秀的当代作家莫言在获得诺贝尔奖金之前，是个什么样的生活状况。

我在想，那么大的北京，北京那么多大房子，究竟是些什么人住在里面？写了 11 部长篇小说、出版著作数十部的一位著名作家，竟然至今委屈在首都的一个蜗居里，中国对待文学又究竟是一种什么样的态度？

看看我们文学报刊的稿费标准吧，看看出版商对作家版税的威胁与挤压吧，看看那么多优秀作家对权位的贪婪和嗜好吧……

获奖的毕竟只有一个莫言，诺奖毕竟不可能年年来照顾可怜的中国作家。北京的大房子，或许永远只是众多北漂作家的一个黄粱梦。

笑贫不笑娼，这个古老国度的传统力量是多么强大啊！难怪，莫言在家中接到获奖电话时，他是那么“狂喜而惶恐”。或许，他狂喜的是，终于有钱买大房子了；而惶惑的是，自己一跃而为中国作家圈中的富人，会不会同时也成为“房子梦想者”的众矢之的呢？

在为莫言获奖庆贺之余，也为僻处陋室、辛勤耕耘的众多中国作家喟然一叹。

10月19日　星期五，晴

《桃花源诗季》2012年秋季刊，有关于第6届常德诗人节的特稿，那个诗人节我有幸亲身参与，一睹盛况。“诗空璀璨”栏目刊发了娜夜、田禾、韩文戈、俞昌雄、离离五位诗人的作品，我最喜欢娜夜和俞昌雄的，其余三位作品一般。

我个人认为，娜夜与路也无疑是当代女诗人中最为耀眼的双子星座，其他无论80后、90后，或者打工派、新生代，目前都不能出其右。她俩正好一东一西，如果再加上南北，广东有郑小琼，北京有安琪；如果再加上中部，那就是湖南今年去世的唐兴玲了。娜夜与路也，娜夜诗歌气质更好，路也写作才情更足，都是不可多得的好诗人。

“每季之星”栏目推出的是常德本土诗人杨拓夫。拓夫的诗干净、清新，有如池塘春草，但他时常一不小心就回到陈旧的套路上，影响其作品的质地。比如《行走的村庄》，后面都写得很好，感情深厚而又节制地引领着诗行，但没想到他是这样的开头：“你何时开始了行走 / 日夜兼程在漫长的旅途 / 你在李白的《静夜思》里走 / 走不出唐朝辽阔的疆土。”这一段，既与后面的风格不合拍，表现手法又很老套，应当“咔嚓”。还有一首《空荡的打麦场》，前面两段很漂亮，第三段突然松懈下来：“步入五月的阳光 / 回归那一场乡村的交响 / 捉住那美妙之音 / 人在当下让时光汩汩倒流。”如此，诗意便流失大半。

“三湘俊彦”专栏终于找到了一位长得帅、诗也越写越帅的小伙子——欧阳白。我和欧阳白的交情绝不是我在这里推重他的理由，因为我们的交情也不是一两年了，我写诗表扬过他车开得好，人做得好，我写博文表扬过他诗屋办得好，但我不得不说，欧阳白这两年诗歌技艺的突飞猛进，可谓一日千里。这和他潜心于哲学、宗教（佛学）有关，这和他一直与洛夫这样的杰出诗人“教学相长”有关，当然这也和他长期以来车开得好、人做得好有关；最为重要的是，欧阳白对诗歌那种单纯而深切的热爱，让他身上散发出罕见的极为纯粹的诗人气息。

他写《姑苏月》：“钟被那个年轻人用狼毫点了一下 / 声音不大，但颜色很深，很艺术。”他在《心经》中写道：“所有的苦都从曲折开始，做条直性子的牛吧 / 厄运到做牛处终止，做了牛，不再言语，冲着山谷喊一声：哞。”他写《鱼吻》：“湖面上明明没有任何 / 可以叮到的食物，你那瘪瘪的 / 嘴不停地张合，未必是在 / 扇动空气，好让这宁静的 / 水域有波浪的样子？”

这些诗句一读就让人心动，因为它们是诗人独有的，别人从没有这样写过，但读者一念出来，就会觉得，它写到了我们的心坎里面。

10 月 31 日　星期三，阴

继莫言获得今年诺贝尔文学奖之后，莫言作品进教材又被炒得沸沸扬扬。其实，单从文学创作的角度来说，没有任何一位作家是为进入教材而写作的。毫无疑问，教材是一个国家发行量最大的作品选本，但由于它面对的特殊对象以及它所肩负的特殊使命，并不是所有优秀作家的作品一定都要进入教材，或者说，一本教材一定要囊括所有优秀作家的作品。教材做不到，作家也做不到。教材为全国所有适龄儿童与青少年而设，作家却永远只对自己的内心负责，文学创作本身是极为私人化的活动。所以，莫言获奖之前，他的作品没有进入教材，仅从这一点来说，既不是教材的错，更不是莫言的错。

谁也没想到的是，莫言竟然成为第一个获得诺贝尔奖的中国作家！对于长期以来“诺贝尔情结”顽固得近乎变态的中国人来说，这一消息无异于划破长空的闪电。于是，此前“新时期当代小说全体缺席”的中学语文教材立马前倨而后恭，人民教育出版社称将考虑在教材中选用莫言作品，语文出版社则拟直接将莫言的成名作《透明的红萝卜》选入高中语文选修教材读本。

窃以为，人民教育出版社的态度是可取的，不失敏捷而又审慎。敏捷在于，作为国家教材出版重地，能对莫言获奖第一时间做出反应；审慎在于，不是盲目追风，而是一方面承认此前对莫言有所忽略，另一方面也不说莫言作品就一定入选，“考虑”一词用得智慧。相较之下，语文出版社则显得急功近利，直想借莫言获奖炒作一把，却不自觉地暴露出商人的势利。

我个人认为，《透明的红萝卜》不宜选入教材读本。原因有二：一、《透明的红萝卜》是一部篇幅达数万字的中篇小说，进入教材只能截取其中一部分，与其这样，何不去选一篇完整的短篇小说呢？莫言的好作品很多，我相信有更适合选进教材的短篇小说；或者，教材编写组专门邀约莫言为中学教材写一个小说，也未尝不可。二、《透明的红萝卜》讲述的是一个被损害与被侮辱的农村少年的故事。这里就有一个值得探究的问题：中学教材究竟应该选择什么样的文学作品？以前教材中假、大、空盛行，僵化的意识形态让孩子们与美隔膜，与爱远离，很少有拨动孩子心弦的文字。这些年来社会各界人士纷纷对教材提出质疑，我担心教材编写将落得个方向模糊、无所适从的境地。任何一件事情，有争论是好事，但奇怪的是，我们总是在争论中让事情变得越来越复杂，而不是越来越明了。其实一本好教材的标准非常简单：孩子们喜不喜欢，是否有助于孩子的健康成长。

这里我还是要举一个鲁迅的例子。上世纪30年代，鲁迅的《呐喊》被列为中小学教科书走进了课堂，鲁迅根本不是为之而欣喜，而是“十分沉痛”。他对他的弟子、著名副刊编辑孙伏园说，他后来一看到那本书就感到厌恶，因为他很不愿意孩子们读到那些凌厉寒凉的作品，不愿孩子们读到描写处处“吃人”的《狂人日记》。他甚至偏激地说，这本书应该绝版。鲁迅认为，课堂是展示光明、传授善念、启发爱心、激励理想的地方，怎么能宣讲那些充满凶狠、仇恨、冲突、暴力的东西呢？这些都“少儿不宜”啊！从鲁迅拒绝诺贝尔奖提名，到他对自己作品选入教材的态度，我们能看到真正的文学大师的风范。

最后，寄语教材编写者们：世界上优秀的文学作品多如牛毛，适合各个年龄段孩子们阅读、学习的优秀作品同样有如繁星灿烂。只要你们心里装着孩子，而不是狭隘的政治与民族意识，不是世故成人的一厢情愿，不是坐在办公室睁一只眼闭一只眼地想当然，你们一定能编出让孩子们喜闻乐见的好教材来。苟如此，则莫言能否入选教材，又有什么关系呢？又是什么大不了的事呢？

11月2日　星期五，晴

西藏诗人陈跃军寄来《西藏情缘》，由中国言实出版社2012年6月出版，封面上“陈跃军、刘昕主编”的旁边，还写着“杨从彪、吴昕孺审订”，让我觉得很惭愧。当然，我了解这部书稿出版的全过程，从面向全国征稿，到筛选、审阅、校对以及封面设计，跃军和刘昕都做了大量艰苦的工作。

《西藏情缘》是跃军和刘昕“兄弟俩”有关西藏文集的第二次成功合作，第一次他们的产品是《相约西藏去放牧》，赢得一片叫好。我看《西藏情缘》从整体质量上更好，设计也更精美大气，虽然我刚刚拿到书，但我知道这本书出版后，在西藏引发了一股文学热，在西藏之外的地方则引起了一股西藏热。西藏商报、中国新闻出版网、中国图书对外交流中心、中国西藏网、中国民族宗教网、为先在线等先后以“西藏散文又一次吹响‘集结号’”为主题，对之进行深度报道。为此，跃军还亲自到西藏人民广播电台读书频道做了一期专题节目。

此前我通读过全书。有些文章我是记忆深刻且非常喜欢的，比如跃军的那个序言《我和西藏有个约定》，他写得极为诚恳而生动，是跃军最漂亮的散文之一。他说：“在西藏，面对蓝得让人觉得不真实的天空，面对冰清玉洁的雪山，面对辽阔的苍茫和大自然的鬼斧神工，感觉自己渺小，伟大的渺小。在内地，面对熙熙攘攘的人群，总觉得自己是一只孤独的蚂蚁，微不足道，一种被忽视的感觉，卑微的渺小。”

是的，人无不是渺小的，但却有“伟大的渺小”与“卑微的渺小”之分。跃军热爱西藏，并成为西藏的一员，乃是他对属于自己“渺小”的选择，这何尝不是一种伟大的选择呢！

11 月 3 日　星期六，晴

湖湘文化学者柳理，在湖南教育电视台担任“湘湘讲堂”栏目制片人，他的这个栏目也是湖湘文化在 21 世纪最为全面、最为厚重，也最富有创新精神的一次呈现。今天，他请来著名历史学家傅国涌先生讲宋教仁。

20 多年前，身兼教职的傅国涌成为了“自由学者”。后来，环境渐渐宽松，他开始在《南方周末》《随笔》《东方》《炎黄春秋》《文汇读书周报》发表作品，开设专栏。我曾读过他不少随笔，钦服其文风与人格。原以为他年纪较大，不料上网一查，竟与我同年，益增其敬慕之情。今天下午 2 点半，我和敏华赶到教育电视台演播厅。十多年前，应好友续文邀约，我曾在这里与主持人姜丰进行过一场有关学习方法的对谈，后来续文还将它出了书，大约叫“书山有路”之类，记不太清了。

傅先生个头偏高，略显秃顶，普通话虽不十分标准，但吐词十分清楚，不愧是教书匠出身。他讲得非常好，我们对他的演讲给予了一个“四有”的评价：有思想，有勇气，有文采，还有体力——因为他站着讲了整整一天。

傅先生告诉我们，整整一百年前，在宋教仁几乎只手之力的推动下，中国曾经有过极好的进入宪政民主社会的机会，然而，至今未明幕后真凶的暗杀，让中国露出曙光的民主政治陷入黑暗的渊薮。造成这一悲剧的原因，看上去是宋教仁过于张扬的性格，其实是中国政治对于专制的超强欲望。傅先生说，中国历史上从没有过任何一个人的追悼会有宋教仁的那样悲壮，上海主会场有两万多人，全国各地的分会场无数，各地报刊纷纷发表悼唁挽联。孙中山的挽联是：“作公民保障，谁非后死者；为宪法流血，公真第一人。”

宋教仁出生于湖南桃源县，也就是传说中陶渊明《桃花源记》的所在地，少年时就读于桃源漳江书院，17 岁离开故土，走上报效国家的喋血之旅。清丽山水奉献奇伟之士，乃湖湘之幸也！

11 月 7 日　星期三，小雨转阴

《温州读书报》2012 年第 10 期，头版有雷雨的大作《为什么是莫言》，文中提到中国文坛对莫言获得诺贝尔文学奖的纠结心理：没有中国作家获奖的时候，梦寐以求；终于有一个获奖了，又质疑不断。还有人认为，莫言获奖是因为他的作品暴露了中国乡村的落后而博得外国人的青睐；还有人说，那是瑞典皇家科学院为了打开中国市场的战略考量……这些想法，究其实质都是典型的中国式思维，是酸葡萄心理的绝妙反映。当然，雷雨在文中也提到，莫言在《人民日报》发过一些所谓的报告文学，比如为张艺谋唱赞歌的，还有写山东高密什么开发区之类的，“看过之后，大失所望，甚至有要呕吐的感觉。难道说，其他大师级作家也会炮制这样的垃圾吗”？

我个人的意思是：一、并非所有获得诺贝尔奖的作家，都是大师级的经典作家，大师级作家不由是否获奖来界定；二、即便是经典作家，包括没有获这个奖也可能跻身经典行列的作家，主要看他们最好作品所能达到的标高，不要对他们的所有作品过于苛求，评论家和读者都不要有洁癖；三、莫言毕竟是一名中国作家，生活在中国的社会环境中，有些文章不过应景应酬而已，我相信，即便出版莫言全集，莫言也不会将那两个东西塞进去的。

第4版有夏海豹先生的《文学的理想与失落》，写著名散文家峻青和诗人洛雨的一段交往，其中有峻青1996年2月22日写给洛雨的一封信，我们来看看一位老作家是如何看待他所处的社会环境的：

“……这年头出书不易，但又太易，问题是什么人易，什么人不易。如我辈穷书生无钱出书者太不易；而目不识丁或粗通文墨者只要有钱，哪怕是找人代笔或错漏百出文法不通根本不够出版条件的照出不误，而且出了一本又一本，真是钱可通神也……”

在这个钱可通神的时代，即便擅写如莫言，又何能免俗？

11月15日　星期四，阴雨

《开卷》第9期分两部分，后一部分是常规文章，前一部分则是已故作家黄裳的纪念小辑。黄裳于今年9月5日因病去世，享年93岁，他被不少粉丝誉为“当代散文大家”。我在报刊上接触过黄裳的一些作品，但始终没能很接受他。

印象中，黄裳老先生用一种颇为古雅的文字写散文，这种风格不容易引人共鸣。在同类散文作家中，他清淡悠远不如孙犁，深幽宏阔不如张中行，生动流利不如董桥，唯坦荡似有过之。所以，他被那些喜欢掉书袋的读书人捧得很高，一般读者如我等，往往望而却步。严格地说来，孙犁、张中行、董桥可能都算不上“当代散文大家”，不是他们的文章不好（其中以张中行的散文最好），而是他们延续明清散文一路，对散文现代性的贡献并不大。当然，这只是我的一孔之见，恐贻笑于大方之家。

《开卷》第9、10两期，我喜欢的文章是刘绪源的《悲怀中的印象——简说黄裳》、林伟光的《裳翁虽去书魂在》、何频的《画谭新钞》、理洵的《追寻古文化的足迹》、白水的《画说汪曾祺》和子聪的《开卷闲话》。纪念黄裳的多篇文章中，我之所以最喜欢刘绪源和林伟光的，是因为我觉得他们两个写得比较客观，对黄裳的定位比较准确。比如林伟光写的一段：

“我们封裳翁的种种头衔，无非什么什么家，也不能说错，他的多方面成就，一大套数百万字的《黄裳文集》，也足够支撑起这些。不过，我想裳翁如果有所选择的话，他更愿意人们把他看作一个读书人，读书是他人生的主要内容，给他带来快乐，也带来了思考。其实，他的写作在某些层面上，也完全可以理解为读书的延伸。”

11月19日　星期四，雨

十多年前，我陪戴海老师，带着河南郑州电视台张书琴女士去岳麓书院找诗人江堤，正好江堤那里也来了一个衡阳的朋友。于是，他便将我们两批客人归拢到一块，给我们讲解书院的历史和文化。那位衡阳朋友叫甘建华，是一位作文、画画、写字的三栖全才。昨天，接到建华兄的一封信。他说：

“您是湖南新乡土诗派的重要成员，也是我们衡阳诗友江堤、吕宗林的好友，我在青海师范大学的学长唐燎原对您的评价也颇高。像《掌中泥土》《乡土境界》《姐姐的村庄》等，我都还有印象，感觉您的诗歌里面乡情因素较少，而更多的是一种文化理性。我虽然不写诗，也不做诗评，但我与吕宗林、吕叶等人相聚时，经常谈起新乡土诗派和你们那一拨人，感叹这样的时代已经很难产生那样优秀的诗歌和优秀的诗人了。”

谢谢燎原先生的高评。以前习诗时，我认真学习过燎原先生的诗歌评论，但并无任何直接交往。他的鼓励也给我更大的信心。建华兄对我的新乡土诗风格的把握也是准确的，在那个农具农业、乡村乡土满天飞的年代，我的触角是想更深层地挖掘乡村的命运，探讨乡村的历史与文化。当然，我相信每一个时代都会出现相应的优秀诗歌与优秀诗人，只是那个时代对诗歌追求的纯粹与执著，现在已成空谷足音。

接下来，建华写道：“今天，湘潭楚子给我发来短信：‘甘兄，建议您策划一个湖南新乡土诗为题材的书画展，我和长沙的吴新宇（现已改名吴昕孺）都能书画，可多创作些作品，可与湖南日报陈惠芳联手，报展实展同行。’我才知道您于书画一道，也已经有很大的成就了。”

我呵呵一笑，只好给建华回复道：“读完兄的长信后，我感到非常汗颜，因为我于书画一途，确是一窍不通，楚子兄说我能书画，如果不是对我的鼓励，可能就是道听而来，当不得真。我幼年曾习画，草草收兵。青年曾习书，收兵更加草草。主要是俗务过多，加上精力大多在读书作文上，不像洛夫、浩明等大师，满身才华，干什么都手到擒来。说起来兄可能不相信，电脑打多了，写几个钢笔字都不成形了，架子都搭不稳。本来准备给兄手写回信，最后还是决定回封邮件来得方便踏实。”

感谢建华兄的来信，让我回到十多年前在岳麓书院的那一幕，我依然记忆犹新，可江堤兄墓木已拱，令人唏嘘。刘禹锡说：“人事几回伤往事，山形依旧枕寒流。”我每回遥望麓山，总是低声问它：你还记得那位诗人否？

11 月 30 日　星期五，阴雨

我先想说的一句话是：老头子不简单！老头子不是别人，是大家很熟悉的戴海老师。为什么说他不简单呢？

昨天上午九点半，是他的“爱学生”（徐特立语）、湖南师大音乐学院年仅 37 岁的教授、博士喻意志的追悼会。我因开会没能前往，前天打电话给老师，关照他不要去。白发人送黑发人，内心之悲怆可想而知。虽然没去，但我非常清楚地知道，老师内心的悲怆也不会因此而减轻。在这样的情况下，晚上 7 点，他还要到师大图书馆给两百多名学子做以“书里书外”为主题的演讲。

我将几位书友给《戴海村语》写的评论打印下来，6 点从单位出发，50 分钟后到师大图书馆，一进门就看见老两口搀扶着，在边走边聊。我加入了他们的队伍，一边向报告厅走去。松松、进跃带着读大二的叶子来了，叶子来听听爷爷的讲座是很好的，她可以从另外一个向度来认识和了解爷爷。随后，看到诗人刘羊、柔止带着妈妈来了，我想起 2009 年，戴老师带着鹏飞、郑艳和我一同来师大演讲，刘妈妈也来了。妈妈如此好学，难怪儿子会成为诗人。

7点，在鄢朝晖馆长的主持下，讲座正式开始。自称“奔八”的戴老师先讲述了自己的阅读史，比如，他启蒙时读到的第一课：“来来来，来上学。”第二课：“去去去，去游戏。”多有趣。再谈到他对读书的理解：“读书是永不过时的时尚。”“读书需要记性、悟性与韧性的完美结合。”再谈到如何读书，蔡元培送了刘海粟四个字：宏、约、深、美。宏是面要广，约是要突出重点，深是思考要有深度，美是通过读书要能领略自然与生活的美。最后，他叮嘱同学们，要多读耐读的书，读书一定要过笔。同学们不时发出会心一笑，或者爆出热烈的掌声。

外面下起小雨。讲座完毕，我们陪着老师在雨中走了一段。他觉得现在的孩子被所谓教育死死束缚住了，他一连说了几个“非常值得同情”，话语里透出深重的忧虑。我问一旁在湖南大学金融系读书的苏叶子，是不是真的没时间读点闲书。叶子说：“我读高三还能抽出时间读小说，上大学后反而不行了，科目太多，压力很大，没有办法。”我也只有长声一叹。

12月1日　星期六，雨

今天是极其平常的一天，又是我人生中的一条重要分水岭。从今以后，从年龄上来说，我就无论如何不能算是“青年”了。但我想，无论如何也要把青年的那股激情和干劲保持下去，无论如何也要让青春的热血继续沸腾。

最近非常忙碌，大家都知道，“年关”到了。我算了下，上个星期，没有一天没开会。开会当然有必要，但开会带来的后遗症是很多工作积累起来了，一时难以消化。再加上我那个根深蒂固的习惯：无论如何忙，书总要翻上几页，字总要写上几个。因为读书写字，看上去是让自己更忙了，其实这才是真正的忙里偷闲呢。

青岛诗人沉茵寄来了她主编的《诗春秋》杂志2012年秋季版。我以前介绍过，这是一本办得很精致的袖珍杂志。那天我和沉茵在网上聊天，她说，杂志组稿正好是最后一天，问我有何新作。我就一股脑寄了七首《古风》给她，她也一股脑将它们全部发了出来。《古风》是我今年诗歌创作的一个新尝试。每首诗取一句古诗，将古意翻新，其主题直指现实，既有历史感，又有现实意义，或许会让诗歌更别致也更厚重些。

12月3日　星期一，阴

东莞第十届读书年会的盛况犹在眼前，又收到徐玉福先生寄来的《悦读时代》2012年第3期，其中有拙作《文友扫描（四）》。让人伤感的是，这一组“文友”全是在今年去世的，计有《见萧金鉴老师最后一面》《在这个春天，和两位诗人告别》《你我之间，莲花开过——纪念兴玲》。

本期写人的几篇，李树德写叶非英透露出一段历史的真实面目，而林伟光写王金魁、朱艳坤写崔文川、汪应泽写李传新、董国和写曾纪鑫、陈巧莉写安武林，都有一种真切的在场意识，以“我”知人，写我知之“人”，让人知“我”。

其中，我对巧莉最为熟悉，因为她写诗，是诗屋的主要女诗人之一；她的散文诗和散文也写得细腻而优美。几年前我刚认识她的时候，她的文字还显得稚嫩，可现在就当刮目相看了。她写的安武林先生是知名儿童文学作家、读书人，也曾是我们《初中生》的作者。

传新兄算是老朋友了，我和他直接交道并不多，只是在年会上见到，他寄过几册《崇文》杂志给我。他似乎抽烟比说话多，在东莞我们是交流得最多的一次，在玉福兄的房间，临别的最后一晚。他批评我没带萧金鉴老师的遗著去，我说我也在等萧老师遗著的消息，却至今杳无音信。他说，他会寄书给我，果然，今天就收到了他的大著《初版本》。

与西安的崔文川也相交有年，一直未见过面，他最近主编的《艺文志》乃民刊新贵。纪鑫和金魁，我都是在东莞年会上才结识的。金魁豪迈，喝酒牛气冲天；纪鑫儒雅，说话有条不紊。但他们都是智商情商双高的活跃分子。金魁创办的《书简》选点极好，据说他与国内五百多名各界知名人士有来往，收藏近万封书信和两千多册签名本，好生了得。纪鑫主编的《厦门文艺》我读过，文学性很强，纪鑫自己即是写作文化散文与报告文学的高手。

本期《悦读时代》另有袁滨、杨栋、夏春锦、易卫东、阿福的大作，特别是张阿泉采访民间出版家贺雄飞的《学习是一种信仰》，值得一读。贺雄飞先生研究犹太文化二十余年，一些犹太人的价值观深深烙进了他的心灵与行动之中。他掷地有声地说："无论如何，我绝不能苟活，也绝不能浪费生命。"

12月5日　星期三，多云

冯小刚导演的《一九四二》赢得一片叫好，加上刘震云又是我喜欢的作家，今天便抽空去看了这个电影。看了以后，微微点头，然后轻轻摇头。怎么说呢，不能说不好，也不算很好。《一九四二》比不过冯导自己拍的《唐山大地震》，也比不上艺谋兄弟去年拍的《金陵十三钗》。

首先，这部电影的演员都没有问题，无论是张国立、陈道明、徐帆，还是外国友人、获得过奥斯卡影帝称号的阿德里安·布洛迪，他们都表现出了不俗的演技。问题还是出在编剧和导演身上。刘震云的小说《温故一九四二》我没有读过，如果从电影反过来揣测，可能不会太好。线索复杂，枝蔓太多，贪大求全，以至于莫衷一是。刘震云在他获得茅盾文学奖的长篇小说

《一句顶一万句》中就出现过同样的毛病。《一句顶一万句》上部神完气足，有诺贝尔奖的水准；下半突然松弛，赘肉明显增多，不知是怎么回事。

电影《一九四二》就是一身赘肉，虽然它讲的是一个饥饿的故事。张国立演的老百姓悲剧，与陈道明表现的帝王心结，这两条主线隔得太远，几乎不搭界，没办法就让一个外国记者两头跑。外国记者本是一个极好的观察点，是故事展开的最佳视角，编剧和导演却让他成了一名跑龙套的“联络员”。

我个人觉得，这部电影根本不要出现蒋介石、宋美龄、宋庆龄这些人，领导干部就到河南省主席李培基打止。如果电影以美国《时代》周刊记者白修德为见证者，将重心全部放在1942年那场致三百万人于死地的饥饿上，就不会像现在这样，一会儿想表现一场惊天动地的饥饿，一会儿想表现政府的无能，一会儿想表现日军的残暴，一会儿想表现军人的伟大，一会儿想表现中国人的内讧……如此多的主题，最终也削弱了电影中“饥饿”所产生的悲剧力量。

冯小刚说，《一九四二》是他拍得最好的电影。我觉得不是，但我对他有信心，希望他最好的电影还在后面。

12月6日　星期四，晴

岁末，《西南军事文学》杂志第6期隆重推出“散文专号”，向跌跌撞撞的2012年告别。“散文中国”专栏刊发了拙作《带你去见一个人》。

这是我今年夏天两次游历湘西北的实录，当然它不是一篇游记，而是岁月的回溯、情感的漫漶和灵魂的洗礼。很多人写过沈从文，但都不如他写他自己。“照我思索，能理解我；照我思索，可认识人。”一名作家的孤独让常人几乎难以理解，那是一处极难抵达的风景。但如果你能抵达，或者有幸窥其一斑，一定能感受到那种奇妙与瑰丽。我并不想写沈从文，我是把自己当作年轻的沈从文，或者另一个时代的沈从文，我是想重走那一段旅程，回到那个不算很远也不很近的年代。

责任编辑杨献平读到这篇散文时说："你的文字有自己的东西了。"这句话当时让我怦然心动，它抵得过一篇万言论文。当然，正如沈从文所说："在我面前的世界已够宽广了，但我似乎还得一个更宽广的世界。"

散文评论家王冰在《本期作品述评：燃起散文的灯火》说道："吴昕孺《带你去见一个人》中写了神秘的湘西，写了在向西方行进中对于沈从文的迷恋与追寻，文字就如同他的行程，缓慢却充满意味和色彩。"

王冰说得很好，写作其实是一个虚化的过程——将一段实实在在的旅程虚化为意味和色彩，虚化为迷恋与追寻，虚化为另一个人与另一种生活。

12月7日　星期五，晴

网上介绍杨耕身是十个字：资深媒体人，知名评论员。应当是很精准的，他的具体身份是《潇湘晨报》副总编辑。上周，耀红跟我说，想请杨耕身来我社做个讲座。我就找复生搭这个桥，复生当然把这个桥搭得很好。于是，今天上午9点到11点，耕身兄便现身湖南教育报刊社，做了一场主题为"评论作为一种能力"的讲座。

越是现代社会，评论越加重要。评论，尤其是时政评论水准的高低，可以衡量那个时代的开放程度与文明程度。一个社会如果没有评论，就不会有质疑和追问，社会的纠错能力与是非辨识度就会非常之低，低到只会盲从，甘于堕落，甚至不得不接受崩溃的命运。

评论是民众洞察力的体现，是社会良知的体现。我欣赏耕身先生温和而坚定的评论风格。温和是一种态度，一种自信同时也信任他人的态度；坚定则是一种意志力，一种向着常识与良知的方向不屈前行的姿态。其实，评论不只是媒体的事情，每一个公民都应有评论的能力，都应将评论作为一种不可或缺的能力。温和而坚定地，站在这个时代的队列里。

中午，与名辉、新军、耀红、志华、敏华等一起，在留芳宾馆衡岳厅请耕身先生吃饭，复生因出差不能前来凑兴。

12 月 8 日　星期六，晴

自从莫言获得 2012 年诺贝尔文学奖之后，我就一直在期待他的获奖演讲。今日凌晨，莫言终于走上了瑞典文学院的讲台，他演讲的题目是《讲故事的人》。

我没有看现场直播，通读了莫言的演讲全文，看到网上有评论，说莫言演讲稿的文字不好。这不公允，莫言演讲的文字是很好的，很文学的。

问题恰恰在这里。如果要我说对莫言的演讲有什么意见，我的意见就是过于文学了。当然，我这里的文学是指狭义上的文学，是指作为一种作品的文学。第一个代表中国获奖的作家莫言，显得在这篇演讲稿上用心与用力过度。他把一篇本来应该是表现自己文学思想或者文学理想的演讲，写成了一个长篇的励志散文。

演讲从母亲说起是不错的，这是一个很好的进入口。将母亲比喻为大地也没什么不好。但紧接着莫言讲的有关母亲的故事，不像大地本身，而是大地上奇特的美景。第一个打碎热水瓶的故事，很好。第二个关于母亲与看守的那个故事，我觉得母亲的话“儿子，那个打我的人，与这个老人，并不是一个人”，有些文学化和励志化了，还有卖白菜的故事也是。

这篇演讲稿的“文学病”还表现在，用了大量篇幅来一一诠释自己的长篇小说，而且没有给予听众和读者更多的信息量。这种急于推销自己作品的做法，让获奖作家不得不挑起评论家的重担，骨子里显出中国作家的不自信来。

低调到自卑，或许是莫言应该正视的问题。自从获奖之后，听得最多的是莫言谈及自己童年的苦难，他像一个会写小说的祥林嫂，不断强行让别人接受一个从苦水里泡大的孩子。也许，莫言将自己的苦难转化成了独特的文学，但他似乎并未将那些苦难转化成自己独特的精神气质。

在小说王国具有王者风范的莫言，如果不能在精神领域成为睥视一切的王者，他在获奖之后能否再突破自己，再突破中国当代文学，就是一个大大的疑问了。

我喜欢莫言最后讲的那个故事，其实莫言要说的是，他就是那个被另外七个人扔到庙外去的人。他成了第一个看到庙外世界、经历了风雨雷电，而不是被雷电殛死的人——但我更希望看到的结局是，在他被扔出之后，那座破庙没有轰然倒塌，而是外面的暴风雨骤然停止——莫言啊，不要再对过去的苦难耿耿于怀！

12月12日　星期三，阴

半个月前，上海作家张定浩给我寄来两本《上海文化》杂志，2012年第5期和第6期，定浩是这本杂志的编辑。孤陋寡闻的我，很少读文艺理论杂志，真想不到理论性杂志还可以做得这样精致，这样好读。我想，我以前碰到的所谓理论杂志，大多是捧场应景评职称式的拉杂文字，我让“伪理论”给弄坏了胃口，所以对之退避三舍。《上海文化》的清雅精致，不仅悦目，而且一洗肠胃；它的犀利与深厚，更是提振了我的食欲。

两期的头条都是定浩的：一篇是评马原《牛鬼蛇神》的《徘徊在零公里处的幽灵》，一篇是评西川《大河拐大弯》的《你到底要拐向哪里》。定浩在文章中所展示出的细腻、坦诚与识见，令我佩服。比如他在《徘徊在零公里处的幽灵》中说："某种程度上，写作就是重新编织生活，但首先重要的是拆散，是真正彻底地一次次回到那些动人的、充满可能性的原点。""因此，真正的好作家，他们的重复并非固步自封，而是有能力向着未来的，他们不断回到原点只是为了不断地重新开始，并不断地修正自己。"

定浩对西川的批评更让我重视，因为西川算得上中国当代诗人的一个代表，他创作上的探索与思想上的滞固，乃至书面表达有如口头表达一般的混乱，都是诗人中的代表。定浩在文中提到，当代诗人的一个毛病："在要诗还是要思想之间左右徘徊"。我接触的很多诗人也是这样，西川还喜欢读书，他们连书都不读，认为读书会使自己有更多的思想，而思想是戕害诗歌的。这种论调不知由来何自，我想，中国伟大的诗歌传统绝没有这种似是而非的东西。还有对词语理解，我十分认同定浩的观点：

"每一个词，本身的大小，都不是一成不变的。词语的生命力，以及词语能够承载的丰富性和它自身的弹性，都依赖于诗人对它的使用。"

12 月 15 日　星期六，阴

前天，中南传媒新媒体新技术部林峰给我送来"中南传媒第二届优质数字资源奖评选"邀请函。邀请函漂亮得好像授予我一份获奖证书。当然，能去中南传媒考察和学习，无异于获得一枚大奖。昨天上午9点，8名评委汇聚出版集团四楼会议室，在中南出版传媒集团常务副总经理彭兆平女士和新媒体新技术部贺正举部长的主持下，评选开始。除我外，评委还有湖南省图书馆馆长张勇、中国移动手机阅读基地副总经理茅硕、长沙晚报副刊部任波、中南大学教授孟泽、湖南教育电视台“湖湘讲坛”制片人柳理、湖南商学院中文系主任陈书良以及年轻的著名书评人袁复生。

第一届评比我也有幸参加，那时数字阅读刚刚开始，没有什么可参照的。一年之后，我们欣喜地看到，所有上榜图书均是在数字资源各渠道中有销售收入的。我们的任务是，根据自己的阅读经验以及作品的市场潜力，给96本上榜图书打分。在打分之前的评委发言上，我谈了两个基本点和两个核心点。两个基本点是：作品必须适合数字阅读；作家给出了他们最好的作品。两个核心点是：第一，作品有没有独特性？比如星云的日记、丰子恺的漫画、杨德豫的译诗，我觉得这都是有独特性的。第二，作品有没有成长性？有些作品一时阅读量颇大，但读完之后就成为印刷垃圾或者数字垃圾了，而有的图书几年十几年几十年之后还有人读，这就是成长性，它是长销的。像陈蒲清的寓言著作、袁伟时的历史随笔以及邵燕祥的书等，就属于高成长性的。

评完后，午饭前，随复生和孟泽去念楼拜访钟叔河老先生。很惭愧，我这是第一次去钟老先生家。复生介绍，钟老站起来和我握手。老人年过八旬，面色红润，声若金鸣，看见三位晚辈，高兴得紧。他的书桌就摆在客厅，书桌旁是一张桌球台。他说很少打，摆看的。他对住所周围的环境不是很满意，烈士公园近在咫尺，却要横过三条马路才能到，院子里连个散步的地方都没有。但老人生性达观，充满斗志。书桌上摆着即将出版的新书《念楼小抄》的封面清样。他说，他现在的书都是出版商跟他谈，与出版社不发生任何关系。这其实是出版业的一个好现象，它更有效率，也更能让作者和读者满意。

聊了约半个小时，老人要吃饭了，我们告辞，老人执意把我们送到门口。

12 月 17 日　星期一，雨

党的十八大之后，有许多现象值得思考和回味，比如广东反腐的“大动作”，比如微博举报官员的“热潮”……这是政治清明的体现，是执政党开始自省和自纠的体现。然而，它同时也是情况非常严重、问题非常复杂、时机非常急迫的一种体现。反腐大动作与举报热潮背后的现实是：看我们糜烂的程度有多深！这种糜烂在教育领域同样见惯不怪，看看那些禽兽校长、龌龊教师对孩子们的身心侵犯，看看那些女教师受到的莫名摧残与遭遇，看看校车上不断发生的事故……在官场上有的问题，教育领域无不存在。因为当下的教育领域本身就是一个官场。中国怎么办？改革向何处去？

新履职的习总书记南巡广东考察，不封路，不限行，住普通套房，吃自助餐。民众一片叫好。因为我们看到的不是一个政治作秀的总书记，而是平常、切实地为人民着想，为人民的方便着想。可是，只有总书记心里装着人民是远远不够的，只有某届总书记心里装着人民是远远不够的。执政党务必制订日常化的、切实可行的制度与措施，使每一位党员干部能自觉意识到自己的责任与义务——这就是我们改革所必须遵循的方向！舍此皆为穷途。

吴敬琏在《读书》杂志第 12 期撰文疾呼《重启改革议程》。一个“重”字，内藏多少玄机啊！“重”意味着曾经改革过，但后来停下来了；“重”意味着山重水复，看不到方向；更让人担忧的是，“重”还意味着能否再启，不得而知。

吴敬琏严厉批评了所谓“集中力量办大事”的“北京共识”或“中国模式论”——如果说强势政府和国有经济的强力管控是中国经济崛起的秘密，那改革开放之前，中国政府更为强势，有着一统天下的计划经济，为什么得到的却是一个又一个灾难？因此，中国的问题不是改革，而是改革不彻底。改革开放以来所建立的“半统制、半市场”混合体制之所以难以再向前推进，关键在于政府和官员舍不得放下手中的自由裁量权，这种几近无法无天的裁量权正是腐败的温床，是权力寻租的天堂。倘若再不重启改革，仅靠官员的人格魅力来执政治国，腐败问题不可能解决，社会矛盾亦必将“山雨欲来风满楼”。吴敬琏说得好！

12 月 20 日　星期四，阴

临近岁末，工作更加忙碌，诗歌的热潮也接踵而至。昨晚 6 点，原“新乡土诗派”主力成员吕叶召集部分长沙诗人到熬吧聚会，与会者还有欧阳白、杨林、邓如如、汤凌、马随、周过、拾七、汤文培等。

我与吕叶约摸 20 年前见过一面，印象模糊了，但对他的诗我是一点也不模糊的。谢宗玉在湖南作家网开办“湖南实力派诗人展”，我就曾力推吕叶。吕叶召集我们的目的是想筹备一个“湘诗会”，不定期请诗人、诗评家和诗歌爱好者专门就某一位诗人的某一部作品进行点评、交流与讨论。这个想法得到与会者的一致赞同。

杨林是第一次见面。他也曾参与“新乡土诗派”，还和胡述斌一起编过《诗歌导报》。我见到他首先向他道歉，因为 5 月份李少君打电话给我，问我长沙有没有一个叫杨林的诗人。我说，没听说过。结果他就没来参加杨林的诗歌研讨会。可见我的孤陋寡闻害人不浅。

邓如如带了最新出版的《湖南诗人》来，她说，这一期的诗歌水准在圈内反响很好。祝贺她，祝贺《湖南诗人》，几经努力，打响了第一炮。

12 月 22 日　星期六，晴

昨天是传说中的“末日”，长沙的天气不太好，风大，阴冷，还下了点雨。如果末日仅止于此，那也就不足为惧了。虽然我对人类的命运并不乐观，但我从不觉得大自然的末日近在眼前。倒是越来越多的人那种害怕洪水滔天而又唯恐天下不乱的“末日心态”，给这个世界抹上了浓重的阴影。

对于“听孺阁”来说，昨天还是一个重要日子，它满 7 周岁了。7 年来，感谢朋友们呵护，让它一直不寂寞也不喧嚣，不气馁也不自矜，不完美也不残缺。

年岁渐长，很多雄心俱已泯灭，唯有对于文字的热爱，与日俱增。

我庆幸自己找到了归宿，最值得自豪的一点是，我这辈子绝不可能有“惶惶不可终日”的那天。得失荣辱，仿如瓶中之水与河中之水，皆水而已。我希望能和朋友们一起，享受接下来的生活，读书、写作，继续学习思索与关切。让我们重温 20 世纪最伟大作家之一詹姆斯 · 乔伊斯的名言：

“我们从自己内部穿行，遇见强盗、鬼魂、巨人、老者、小伙子、妻子、遗孀、恋爱中的兄弟们，但我们总是遇见我们自己。”

12 月 26 日　星期三，雨

今天上午，收到中国散文年会组委会发来的传真，拙作《父亲的清明节》荣登“2012 年度中国散文排行榜”，邀请我于元月初赴南阳参加颁奖晚会。

时下各种年选与排行榜很多，对此不必太当真。但这种无须申报材料、无须打通评委关节的获奖，虽然同样具有较大偶然性，我还是能接受的。何况，可以与国内第一流散文家面对面进行交流，还能为杂志的几个“名家”栏目约约稿，何乐而不为！感谢鹏飞和理勇，在年终百忙之际，为我放行。我也十分期待自己的首次南阳之行。

2008 年，我发表在《安徽文学》的长篇散文《灵魂的入口》也曾跻身中国散文的年度排行榜。这次入选的《父亲的清明节》其实是前年写的作品，最初发表在周闻道主编的《在场》杂志上，继而成为蒋建伟主编的《散文选刊》原创版今年第 3 期头条。随后被选进哈尔滨、盐城等地的中考语文试题。建伟在长篇评论《2012 年中国散文漫谈》中还提到了它。

感谢建伟兄，感谢《散文选刊》，感谢中国散文年会组委会。

12 月 28 日　星期五，阴

李天斌是我的贵州文友，以前在组织部门工作，他是个很感性的人，诗情与友情渗进了他的骨子里。我认识在组织部门的诸多文友，他们都有性情，重感情。但际遇不太一样，有的在这样的部门如鱼得水，有的则另择枝而栖。天斌后来到文联，成为关岭县文联《滇黔锁钥》杂志的主编。

我到过开阳，没去过关岭，杂志上打的县名颇长——关岭布依族苗族自治县。从刊名看，它应该与云南毗连。那一定是一个多美景、多歌舞、多民间手工、多诗人和艺人的地方，令人向往啊！蒙天斌兄约稿，《滇黔锁钥》今年第 3 ~ 4 合刊发表了我的散文《母亲的六十年》。明年，我的母亲就满 70 岁了。这篇文章，权当作献礼吧。

天斌还刊发了我推荐过去的鲁迅文学奖获得者成幼殊老师的长诗《榕树的长胡子和丹麦老英雄》。我和幼殊老师、雪漪曾一起赴贵州开阳县参加过散文诗笔会，看来我们和那片美丽、神奇的土地挺有缘的。

与河南濮阳书生王金魁在东莞读书年会上一见如故，他一口气给我寄来了他编著的《简堂简语》以及他主编的《书简》杂志第 17、18、19 辑。可惜大多是毛边书，仿佛我来到一栋久已向往的房屋前，它却关着门。我只能在外面逡巡，而不会推门而入。给金魁写邮件，嘱他以后别寄毛边书给我，毛边本是收藏家的爱物，我不太习惯。

12 月 30 日　星期日，晴

昨天雨夹雪，长沙天气十分寒冷。又是诗歌，给这座城市带来了温暖。晚上 7 点半，在小吴门熬吧会所，“湘诗会——好诗来相会”第一场拉开帷幕。

我 6 点多从单位赶到熬吧时，众诗人正在六典包厢喝酒吃饭。

见到了久违的湖北诗人柳宗宣。他曾在《青年文学》担任诗歌编辑，现在江汉大学文学院教书。与他同校，还有一位我的诗友，刘洁岷，20 年没联系了；与他同城，还有一位我的诗友，高柳，据说现在是《今古传奇》杂志的老板，也有很多年没联系了。我托宗宣问高柳和洁岷好。

见到了一直没见过面的"新乡土诗派"成员楚子。他说，他夫人从浙江嫁到湖南来时，那边的人都以为她是嫁给了一个叫"吴新宇"的诗人。我连连说，托老兄的福。

见到了剪成短发的远人，他脸色稍显苍白，话不多酒也喝得不多，但会上的发言很精彩。

第一次见到资深诗人未满；第一次见到年轻诗人阿鲁，小伙子清秀腼腆，我们合了一影。第一次见到蓄了胡子的白木，他变化最大，是一种让人感到快慰的变化。

我坐在欧阳白和易彬之间，他们两个频频互相敬酒，有如隔山打牛，弄得我也沾了不少酒气。吕叶担心欧阳白喝多了不利于主持，我说，那你太不了解"欧阳白酒"（马随语）啦！果然，在7点半开始的"湘诗会"上，容光焕发的欧阳白妙语连珠，把整个会场带动得风生水起。

湖南不少诗人都到了。连近来很少参加活动的韦白兄也大驾光临，起伦来了，汤凌来了，邓如如来了，易安来了。80后诗人马随、平川、余毒、周过、苦茶来了。熬吧本就是诗人拾七的地盘，他自然满脸笑容地在一旁张罗着。

"湘诗会"每期研讨一位诗人的作品。本期研讨的是吕叶的《楚地十四行系列组诗》。欧阳白主持，然后是9位主评人的发言，因常德诗人桂一身请假，只讲了8位。我被安排在第一个出场，其余7位是：远人、李兵、楚子、柳宗宣、湘莲子、王晓和白木。

我谈了与吕叶的交谊，简单介绍了"新乡土诗派"，最后选择了《楚地十四行》组诗中第二首《楚：渡》，以我个人的阅读经验，逐字逐句逐段，像解剖麻雀一样，向现场的诗歌爱好者们演示一首好诗是如何产生的。效果似乎不错，我听到了掌声，当然，掌声是给作者吕叶的。

12 月 31 日　星期一，晴

《温州读书报》第 12 期刊发了我的《东莞年会日记》大半篇幅，礼阳兄来函说，余下的三分之一将在 2013 年第 1 期续完。这算得上是连接两个年份的一道桥梁了。

回顾整个 2012 年，读书与创作只能说维持在比较正常的水平。读书不少，多不求甚解；写字也不少，多流水账簿。今年的大部分时间扑在《他改变过教育——教育家罗崇敏》一书上，春节期间最后一次赴云南采访，回来后将初稿完全打乱重写，8 月和 11 月又分别做了两次较大的修改。这部书花了我三年多时间，让我了解罗崇敏，了解云南，更深切地感受到中国教育之痛。但它能否出版，何时出版，我心里也没有底。每一本书都有它的命运，只能顺其自然。今年创作上的另外一个亮点应该是长诗《原野》。这首诗也写了近三年，但今年写出了整首长诗最为壮丽的部分，希望 2013 年能将它顺利完成。

今年发表的作品并不少，但除了读书随笔和日记，小说、散文大多是以前写的。要感谢发表拙作的海内外报刊，如《青年文学》《诗刊》《湖南文学》《西南军事文学》《青年作家》《创作与评论》《散文选刊》《海外文摘》《新地》《新叶》《中国诗歌》《绿风》《秋水》《中国工人》《湖南教育》《羊城晚报》《深圳晚报》《长沙晚报》《湖南工人报》《岳阳晚报》《汕头日报》《旱码头》《知觉》《悦读时代》《书脉周刊》《温州读书报》《译林书评》《印象》《水仙阁》《芳草地》《资江源》《滇黔锁钥》《长江诗歌》《诗春秋》《湖南诗人》……

本来以为今年至少会出一本新书的，遗憾未能如愿，来年再努力。

后　记

写日记始于小学三年级。我的老师是一名知青，叫金小熙。那个暑假，她带我从乡下到长沙城里玩，住在她家。她每天带我看一场电影，前提是我必须坚持写日记。于是，我便养成了这个习惯。但后来我写日记并没有天天写，学业紧张，只能写一些“偶记”，不给别人看的，自己也不知弄到哪里去了。

读大学时，开始写诗，一天一首，甚至多首，恩师戴海戏称我是“把诗当日记写”。毕业后，因为好读书好交友好旅行，所以时常将自己的见闻感受记下来，算不上严格意义的日记，但两三日、四五日一记总是有的，我称之为“打三天鱼，晒一次网”。自牧先生和晓明兄主编的《日记报》是最早发表我日记的刊物，我记得我发表的第一篇日记题目就是《文坛边上》。因此，这本日记结集以“文坛边上”名之，既贴合文本内容，又含有怀旧与感恩之意。

我出过一本日记，那是2006年，我将主持《大学时代》杂志社期间写的工作日志结集，取名为《一个青年杂志人的心灵史——〈大学时代〉主编日志》。这本日记由海南出版社付梓后，获得意想不到的反响。很多杂志人和大学生写信给我，有的索书，有的寄书来要我签名，有的寄上自己的读后感。著名书评人、湖南《晨报周刊》文化版主编袁复生说：“这本书应当成为高校编辑出版专业的必读书。”

这句话鼓舞了我，鼓舞我继续写日记。2005年，好友欧阳白、吴冬、江南雪儿鼓励我开博客，于是在天涯社区注册“昕孺阁”。每当写了日记之后，我就第一时间刊发到博客上。从 2005 年 12 月至今，博客点击率超过四百万人次。很多朋友相距天隔地远，平生难以见到几次，但我们经常相聚在博客上，交流心得，指点江山，一如促膝晤谈，同样兴会淋漓。

感谢好兄弟于晓明！他读我的日记，发表我的日记，鼓励我写日记，还要想办法出版我的日记。岳飞曾经感叹："知音少，弦断有谁听？"而我有晓明这样的知音，那根日记之弦看来是断不了。吁，其乐何如！

吴昕孺

2013 年 12 月 1 日

本色文丛

本色文丛是我社策划的系列图书，持续组稿编辑出版。丛书力图给喜欢品味散文随笔、全民阅读与图书文化、名人日记与学术札记、海外文化的人士，提供良书与逸品。

本色文丛·图书文化

《书香，也醉人》	朱永新著	29.00元
《纸老，书未黄》	徐　雁著	29.00元
《近楼，书更香》	彭国梁著	29.00元
《书香，少年时》	孙卫卫著	29.00元
《阅读，与经典同行》	王余光著	29.00元
《域外，好书谭》	郭英剑著	29.00元
《谈笑有鸿儒》	刘申宁著	29.00元
《斯文在兹》	吴　晞著	32.00元

《神圣的沉静》	刘心武著	30.00元
《纸上风雅》	李国文著	30.00元
《母亲的针线活》	何西来著	28.00元
《坐看云起时》	邵燕祥著	28.00元
《花之语》	肖复兴著	30.00元
《花朝月夕》	谢　冕著	28.00元
《无用是本心》	潘向黎著	28.00元

本色文丛·日记（于晓明主编）

《读博日记》	张洪兴著	31.00元
《问学日记》	王先霈著	26.00元
《文坛风云录》	胡世宗著	29.00元
《原本是书生》	于晓明著	32.00元
《紫骝斋日记》	马　斯著	31.00元
《梦里潮音》	鲁枢元著	31.00元
《行旅纪闻》	凌鼎年著	35.00元
《微阅读》	朱晓剑著	35.00元

《从神州到世界》	张　炯著	35.00元
《丹青寄语》	崔自默著	35.00元
《文坛边上》	吴昕孺著	35.00元
《书事快心录》	自　牧著	35.00元

本色文丛·海外文化

《半岛之半：居韩一年散记》	许　结著	30.00元
《西行漫笔：一个远足者的异国寻觅》	王兰仲著	29.00元
《哈佛周记》（暂名）	郭英剑著	即将出版